Séduite par un noble italien

CAITLIN CREWS

Séduite par un noble italien

Traduction française de
SYLVIE CALMELS-ROUFFET

Azur

HARLEQUIN

Collection : Azur

Titre original :
THE ITALIAN'S TWIN CONSEQUENCES

HARPERCOLLINS FRANCE
83-85, boulevard Vincent-Auriol, 75646 PARIS CEDEX 13
Service Lectrices — Tél. : 01 45 82 47 47

www.harlequin.fr

ISBN 978-2-2804-3326-6 — ISSN 0993-4448

1.

Le Dr Fellows esquissa ce qui se voulait sans doute un sourire encourageant, mais que Matteo Combe perçut comme une mimique pleine de condescendance.

— Les modalités de ces séances vous ont été précisées et transmises par écrit, monsieur Combe, énonça-t-elle d'une voix neutre. Il me semble cependant important d'insister sur un point fondamental : vous ne serez pas mon patient. Mon rôle consiste à réaliser une expertise psychologique à la demande de votre conseil d'administration. Il ne s'agit en aucun cas d'une consultation à visée thérapeutique. Est-ce bien clair ?

Matteo dévisagea avec ennui la femme assise face à lui dans l'imposante bibliothèque du palais, propriété de sa famille maternelle depuis la nuit des temps.

Seigneur, ça ne faisait que commencer, et il détestait déjà sa façon de faire !

Les San Giacomo appartenaient à la très vieille noblesse italienne. La lignée comptait même quelques princes dont son arrière-grand-père. Que ce dernier ait refusé de léguer son titre avait été, à sa connaissance, la plus grosse déception de son grand-père. Si seulement il n'avait eu à se préoccuper que de ce genre de déception ! Au lieu de ça, il avait des problèmes autrement plus urgents à régler. Dans l'immédiat, il lui fallait sauver l'empire textile que ses ancêtres paternels avaient bâti dans le nord de l'Angleterre au tout début de la révolution industrielle.

En choisissant de recevoir le Dr Fellows ici même, dans ce palais vénitien, symbole ostentatoire de la puissance des Combe-San Giacomo, il avait bien évidemment espéré l'intimider. Sarina Fellows était la première Américaine à y mettre les pieds. Il était presque surpris que le palais n'ait pas sombré dans le Grand Canal pour protester contre cette intrusion étrangère. Cela dit, l'architecture à Venise était capable de résister à des conditions extrêmes.

Sarina Fellows l'était aussi, apparemment, ce qui n'était pas de bon augure.

Ses iris étaient un mélange complexe d'ambre et de chocolat, et ses lèvres étaient faites pour inciter un homme à les imaginer sous les siennes. Mais elles étaient dépourvues de maquillage, sa longue chevelure sombre était rassemblée en un chignon serré sur la nuque, et seule l'excellente coupe de ses vêtements, noirs de la tête aux pieds, la sauvait d'un aspect sinistre. Elle avait l'air aussi affûtée et efficace que ses paroles.

Elle avait l'air de ce qu'elle était : l'agent de sa destruction…

À condition que ses ennemis l'emportent ! Or, il n'avait pas l'intention de se laisser anéantir par cette femme. Pas plus qu'il ne s'était laissé anéantir par les décès de ses parents survenus brutalement à quelques semaines d'intervalle, amenant dans leur sillage la révélation de secrets bien gardés de leur vivant. Ni même par les choix malheureux de sa sœur cadette qui l'avaient mis dans cette situation, alors que le président du conseil d'administration de Combe Industries – le meilleur ami de feu son père – complotait pour prendre les rênes du consortium.

Non, il ne se laisserait pas démolir. Cela dit, il devait se plier à cet exercice grotesque. Alors, il allait serrer les dents, rester assis et répondre calmement à toutes les questions de cette femme. Il le fallait.

— J'ai très bien compris les raisons de votre présence ici, mademoiselle Fellows, répondit-il en se forçant à prendre un air détaché.

En revanche, il ne réussit pas à dissimuler l'exaspération et la frustration dans sa voix – ce que ses conseillers se permettaient de qualifier de sale caractère.

— Docteur.

— Pardon ?

Le sourire de Sarina était pincé, sans une once de chaleur humaine.

— C'est *docteur* Fellows, monsieur Combe. Pas *mademoiselle*. Cette précision est essentielle pour garantir le côté strictement professionnel de nos entretiens.

Il haussa un sourcil, ironique.

— Excusez-moi, je n'ai pas l'habitude des examens psychologiques imposés. Cela dit, le côté professionnel de cette expérience est bien entendu mon principal souci.

Une rafale de vent vint frapper les fenêtres, comme pour faire écho à son humeur, aussi orageuse que les nuages chargés d'humidité qui menaçaient de submerger la Piazza San Marco sous les eaux.

La femme assise face à lui garda quant à elle son sourire, comme si rien ne pouvait l'affecter.

— Je comprends que cet examen suscite chez vous des réticences, monsieur Combe. Voire même une certaine résistance. Alors, autant s'y mettre sans attendre, conclut-elle en se carrant dans l'antique fauteuil à haut dossier qu'il lui avait indiqué à dessein, le sachant atrocement inconfortable.

Elle ouvrit son attaché-case, en sortit un dossier et prit tout son temps pour feuilleter les notes qu'il contenait avant de relever les yeux sur lui.

— Vous êtes le P-DG de Combe Industries, exact ?

Matteo avait adopté une tenue décontractée pour cet entretien. Il regrettait à présent de ne pas avoir opté pour un de ces costumes sur mesure qui rappelaient qu'il n'était pas le premier venu mais bien Matteo Combe, héritier de la fortune maternelle des San Giacomo et d'une multinationale érigée par ses ancêtres paternels.

« Il faut vous montrer plus humain », avait insisté son conseiller.

C'était bien là le problème. Il n'avait jamais été très doué pour ça. Il faut dire que, entre une mère négligente, abonnée aux scandales, et un père brutal et d'une jalousie maladive, il n'avait guère eu l'occasion de s'entraîner.

Il força un sourire sur ses lèvres. Là aussi, il n'avait pas beaucoup de pratique.

— Je dirigeais la société bien avant la disparition de mon père. Il m'avait préparé à prendre sa place depuis des années…

Depuis sa naissance, en réalité. On ne lui avait pas donné le choix. Mais il préférait garder cela pour lui.

— J'ai été nommé P-DG à sa mort.

— Et vous avez choisi le jour de ses funérailles pour vous battre avec l'un des invités. Un prince, qui plus est.

Il sentit son sourire se figer sur ses lèvres.

— Je me fiche de ce qu'il est. Je sais juste que c'est l'homme qui a abandonné ma sœur après l'avoir mise enceinte.

Son interlocutrice examina de nouveau ses notes, feuilletant ses papiers avec un zèle horripilant.

— Nous parlons bien ici de votre sœur, Pia, de quelques années plus jeune que vous, mais qui est majeure, et par conséquent tout à fait capable de décider d'avoir un enfant si elle le souhaite ?

Il regarda fixement Sarina Fellows.

Il possédait lui aussi tout un dossier la concernant. Native de San Francisco, elle avait fréquenté une prestigieuse école privée avant d'intégrer l'université de Berkeley, puis celle Stanford pour une spécialisation en psychiatrie. Elle avait ensuite ouvert son propre cabinet et monnayait à présent ses services dans le monde entier comme expert psychiatre auprès d'entreprises soucieuses d'avoir une idée précise du profil psychologique de leurs dirigeants.

Il était tout simplement sa dernière victime. Parce qu'il avait frappé cet abruti de prince qui avait abusé de Pia. Ce qu'il ne regrettait pas. Sa petite sœur était le seul membre de la famille qu'il adorait sans réserve. Héritière comme lui de deux grandes fortunes, elle constituait forcément une cible privilégiée pour les chasseurs de dot sans scrupules, en particulier les aristocrates sans le sou. Et si l'un d'eux se présentait à nouveau, il se ferait encore un plaisir de lui mettre son poing dans la figure. En réalité, le problème n'était pas là. Le problème, c'était qu'il avait boxé cet idiot devant des paparazzis, qui en avaient fait leurs choux gras.

« Le digne fils de son père », avait aussitôt titré la presse avec une jubilation malveillante, en rappelant les multiples scandales et bagarres auxquels son paternel avait été mêlé, au cas où certains auraient été tentés d'oublier les emportements d'Eddie Combe. Naturellement, la médiatisation de l'incident avait suffi à faire naître des doutes sur sa capacité à lui, Matteo, à diriger l'empire industriel dont il venait d'hériter. Et il n'avait d'autre choix que de se soumettre aux exigences des vieux barbons du conseil d'administration qui s'étranglaient d'indignation en clamant haut et fort qu'ils n'avaient jamais vu un comportement aussi inconvenant et agressif – mensonge éhonté puisqu'ils avaient tous été nommés par Eddie Combe, connu pour sa rudesse et son tempérament bagarreur.

Mais ça, c'était de l'histoire ancienne. Aujourd'hui, Eddie n'était plus de ce monde, et lui-même devait faire bonne impression à la gentille Dr Fellows pour ne pas encourir un vote de défiance de la part des principaux actionnaires de Combe Industries et se voir contraint à la démission.

Il aurait pu s'opposer à la demande du conseil. Il en avait le droit, il le savait. Mais il savait aussi que la compagnie allait affronter une importante phase de transition pour s'adapter à l'évolution des marchés. Alors, s'il voulait réellement diriger et non pas régner par l'intimidation, les menaces et le chantage comme son père l'avait fait, il devait à tout prix gagner la confiance du conseil d'administration et des actionnaires.

— Pia a grandi dans un environnement extrêmement protégé, précisa-t-il calmement. Elle ne connaît pas grand-chose du monde réel, encore moins de la nature des hommes. Si bien que certains n'hésitent pas à abuser de sa candeur et de son bon cœur.

Sarina l'examina attentivement, comme s'il était une amibe collée entre deux lamelles sous l'objectif d'un microscope.

Ce n'était pas la façon dont les femmes le regardaient habituellement, et il n'était pas certain d'apprécier. D'autant que, de son côté, le Dr Fellows était loin d'être désagréable à regarder. Elle possédait de longues jambes fines et musclées. Des jambes magnifiques qu'il était tentant d'imaginer enroulées autour de ses hanches tandis qu'il s'enfoncerait en elle…

Bon sang, il fallait qu'il se reprenne ! Il en savait suffisamment sur cette femme pour parier qu'elle prendrait très mal ce genre de pensée indécente. Elle était du genre à vivre exclusivement pour son boulot. C'était une bosseuse acharnée, une battante impitoyable, hyper motivée – des qualités que lui-même possédait et qu'il appréciait en général chez les autres… Sauf si cette férocité était dirigée contre lui.

— On dirait que vous venez de voir un fantôme, monsieur Combe ?

— Normal, ils se bousculent dans nos vieux palais vénitiens, fit-il mine de plaisanter, soudain troublé.

Pas à cause des fantômes. Mais à cause de l'étrange sensation qui venait de l'envahir à leur évocation : l'impression qu'il connaissait Sarina Fellows. Qu'il l'avait déjà rencontrée. Il chassa cette impression absurde.

— Les spectres de mes ancêtres hantent ces murs, mais ils ne m'ont jamais dérangé. Si vous voulez, vous pouvez passer la nuit ici pour vérifier par vous-même.

Sarina inclina la tête sur le côté.

— Je ne crois pas aux fantômes. Et vous ?

— Même si j'y croyais, je ne vous le dirais pas. Je ne voudrais pas rater l'examen.

— Il ne s'agit pas d'un examen, monsieur Combe, mais d'un entretien. Une simple conversation entre nous, ni plus ni moins. Vous comprenez sûrement pourquoi vos actionnaires et vos directeurs s'inquiètent du comportement asocial et violent que vous avez manifesté lors de l'enterrement de votre père ?

Il haussa les épaules, affectant une indifférence qu'il était loin d'éprouver.

— Asocial et violent, c'est un peu exagéré, non ? Je n'ai fait que protéger ma sœur.

S'accoudant sur l'un des bras du siège, Sarina Fellows tapota sa mâchoire du bout de ses doigts longs et fins.

— Je ne vous suis pas très bien dans votre raisonnement, monsieur Combe. Si je ne me trompe, votre sœur est enceinte de six mois. Elle ne souffre d'aucun handicap. C'est une femme instruite et financièrement indépendante. Pourtant, vous avez éprouvé ce besoin archaïque de défendre son honneur de façon particulièrement brutale.

— C'est vrai, j'ai un petit côté archaïque…

Il ne savait pas pourquoi, mais ce mot l'excitait. À moins que ce ne soit simplement la vue captivante des doigts de cette femme caressant sa jolie mâchoire.

— Sans doute parce que j'ai grandi dans une vieille famille qui a une longue histoire derrière elle.

Matteo crut voir une lueur sarcastique traverser ses prunelles sombres.

— Toutes les familles ont une longue histoire, monsieur Combe. C'est ce qu'on appelle des générations. Mais bien évidemment, toutes ne possèdent pas de palais. Revenons à votre sœur, monsieur Combe. Si j'ai bien compris, vous vouliez défendre son honneur. Votre attitude est très patriarcale.

Il n'aimait pas la façon dont elle avait prononcé ce dernier mot, en lançant les syllabes comme si c'étaient des missiles.

— Dois-je m'excuser d'aimer ma sœur ?

Il adorait Pia, même s'il ne pouvait pas dire qu'il la comprenait. Ou qu'il comprenait ses choix alors qu'elle savait que le monde entier les observait. Mais peut-être ne lui avait-on pas enfoncé cette notion dans le crâne dès son plus jeune âge, contrairement à lui.

— « Aimer » est un terme intéressant dans de telles circonstances, observa Sarina. Je ne sais pas comment je le prendrais si mon frère me manifestait son prétendu amour en balançant son poing dans la figure du père de mon enfant à naître.

— Vous avez un frère ?

La question était délibérée. Il savait pertinemment qu'elle était la fille unique d'un professeur britannique de linguistique et d'une chimiste japonaise qui s'étaient connus à Londres pendant leurs études et enseignaient aujourd'hui dans la même université californienne.

— Je n'ai pas de frère, répondit Sarina sans un battement de cils. Mais j'ai été élevée dans le respect de la non-violence. Contrairement à vous, si j'en crois votre passé familial plutôt agité.

Il se mordit la langue pour ne pas lui demander de quel passé familial elle parlait.

Les San Giacomo étaient célèbres pour leurs complots et leurs intrigues machiavéliques à l'origine de nombreux duels sanglants au fil des siècles. Les Combe avaient été plus directs, n'hésitant pas à aller au contact et à utiliser leurs poings. Au final, les deux branches familiales avaient connu un passé agité.

— Si je suis coupable de quoi que ce soit, docteur Fellows, c'est d'être un grand-frère qui a péché par excès de zèle.

Lui aussi avait un grand frère, dont il connaissait l'existence depuis quelques jours seulement. Un frère que sa mère avait abandonné à la naissance mais qu'elle n'avait pas oublié dans son testament. Un frère qu'il n'avait toujours pas rencontré et auquel il avait encore du mal à croire.

Il força de nouveau un sourire sur ses lèvres, histoire d'amadouer l'adversaire.

Sans succès. Sarina Fellows resta de marbre, silencieuse, se contentant de le dévisager jusqu'à ce que son sourire disparaisse.

C'était une stratégie bien connue de déstabilisation. Une stratégie dont il usait souvent lui-même et dont il détestait être la cible. Comme n'importe qui dans ce genre de situation, il éprouvait le besoin pressant de remplir le silence, mais il se contint et se cala contre le dossier de son siège, feignant l'indifférence.

Tout ce cirque n'avait guère d'importance, après tout. Ce n'était qu'un petit désagrément de parcours. Rien de plus. Il avait lui-même choisi de se soumettre à cette expertise. Une manière de tendre un rameau d'olivier à son conseil d'administration pour leur prouver qu'il était d'un naturel conciliant, radicalement opposé à celui de son père.

Tant pis si la psy ne l'avait pas compris.

Mais plus elle laissait le silence s'étirer entre eux, plus il lui était difficile de ne pas laisser ses pensées dériver sur son physique. Il s'était attendu à une mégère d'un certain âge, tatillonne et guindée. Pas à une jeune femme, et certainement pas aussi séduisante. À coup sûr, sa beauté était une arme. Peut-être même la plus redoutable. À première vue, elle n'avait pas l'air d'une femme dangereuse, susceptible d'exercer un quelconque pouvoir sur sa vie. Elle avait plutôt l'air du genre de celles qu'il aimait emmener dans son lit : Mince et élégante, posée, intelligente et instruite de préférence. Il appréciait une conversation pertinente entre deux distractions coquines. Si elle n'avait pas été ici pour le juger, il se serait peut-être amusé à chercher un moyen de glisser la main sous l'ourlet de sa jupe droite et de…

— Symptôme typique de masculinité toxique, énonça-t-elle avec ce qui ressemblait à de la satisfaction.

Il battit des paupières.

— C'est votre diagnostic ?

— En effet. Mais, rassurez-vous, vous êtes loin d'être un cas isolé.

Oui, c'était bien de la satisfaction. Ses yeux bruns étincelaient.

— Résumons. Il est évident que vous n'éprouvez aucun remords. Un enterrement consiste pourtant à rassembler les personnes pleurant le disparu afin qu'elles puissent lui faire leurs adieux. Or, vous avez décidé d'en faire un match de boxe. C'est le moment que vous avez choisi pour verser le sang, terrifier tout le monde et humilier la sœur que vous prétendez aimer. Tout ça pour laver *votre* sens de l'honneur bafoué.

Il ne broncha pas, bien que cela exige de sa part un effort quasi surhumain.

— Si vous aviez connu mon père, vous sauriez qu'il n'y avait personne pour le pleurer et qu'il aurait été le premier à applaudir au combat de boxe.

— Permettez-moi d'en douter, monsieur Combe. Franchement, cet épisode confirme votre côté cow-boy parfaitement déplacé en la circonstance.

— Étant italien par ma mère et anglais par mon père, il me semble que je n'ai rien à voir avec les cow-boys.

— Ce terme est une métaphore pour illustrer le syndrome du justicier, caractéristique d'un certain mythe de la virilité à l'origine du concept de masculinité toxique. À ma connaissance, vous n'avez même pas pris la peine de vous excuser.

— Si j'avais voulu m'excuser pour avoir défendu l'honneur de ma sœur, j'en aurais discuté avec elle. Pas avec vous. Ni avec mon conseil d'administration.

— Reste à savoir si vous regrettez votre brutalité, monsieur Combe. Éprouvez-vous oui ou non des remords ?

Ce qu'il éprouvait en ce moment se situait plutôt sous la ceinture. Et si cette femme s'en doutait une seule seconde, elle le traiterait d'autres noms d'oiseau que cow-boy.

Il ouvrit les mains devant lui, paumes en l'air, en signe d'apaisement.

— Ce qui est fait est fait, docteur Fellows. Impossible de retourner dans le temps pour changer le passé.

— Et naturellement, puisqu'on ne peut pas le changer, vous ne voyez pas l'intérêt d'en discuter. Est-ce là votre tactique, monsieur Combe ?

— Difficile de parler d'une quelconque tactique puisque c'est la première fois que je me plie à ce genre de « conversation ».

— Vous esquivez, monsieur Combe. Ce qui ne me surprend pas vraiment.

— Pourtant, je suis là, et j'ai promis de répondre à toutes vos questions. Je suis on ne peut plus souple…

Il esquissa de nouveau un mince sourire avant d'ajouter :

— Bien que toxique, si j'ai bien compris votre diagnostic.

— « Souple » ! Voilà de nouveau un terme intéressant, reprit Sarina avec un petit rire moqueur. Pensez-vous que ce soit le plus approprié pour décrire votre attitude ?

— Je vous ai ouvert ma porte, J'ai accepté de me soumettre à ces « conversations » aussi longtemps que vous le jugerez nécessaire. Je ne vois pas ce que je peux faire de plus. Et malgré toute ma bonne volonté, vous me trouvez toxique plutôt qu'accommodant.

— Ce qualificatif vous ennuie.

Ce qui l'ennuyait c'était l'absurdité de la situation. La perte de temps et d'énergie, et, oui, le fait que la beauté de cette femme le déconcentrait dangereusement.

— Je ne dirais pas qu'il m'ennuie, mais personne n'aime s'entendre dire qu'il est toxique. Ce n'est pas très flatteur.

— Or, vous êtes un homme habitué aux compliments, n'est-ce pas ?

Il savait que c'était une erreur, mais il ne put résister. Ses lèvres se retroussèrent sur un sourire provocant.

— Ça vous surprendra peut-être, mais aucune femme jusqu'à présent ne m'a jamais trouvé toxique.

À la lueur triomphante qu'il vit étinceler dans les yeux de Sarina Fellows, il sentit ses cheveux se dresser sur la tête : il était en train de se mettre dans de sales draps !

Ce que vint confirmer le petit rire moqueur de celle-ci.

— Allons bon, on dirait que votre cas est plus grave que prévu. Chercheriez-vous à faire dériver cette conversation sur un terrain sexuel, monsieur Combe ?

2.

Matteo Combe était exactement tout ce que Sarina détestait chez un homme : arrogant, plein aux as. Et beau comme un dieu par-dessus le marché. Un mauvais point pour lui dès le départ, car c'était le genre de gars à vous faire perdre la tête. À vous faire aller droit dans le mur. À vous faire glousser comme une idiote. Et, alors qu'elle se croyait immunisée contre ce type de play-boy, elle était atterrée de constater qu'elle n'était pas insensible à son charme.

Cela dit, Matteo Combe avait quelque chose de différent : Était-ce la ligne affirmée de sa mâchoire, son profil aristocratique, ses pommettes hautes, ses yeux couleur de ciel d'orage ? C'était aussi son corps d'athlète, cette assurance et cette puissance qu'il dégageait, montrant clairement qu'il se soumettait à son examen uniquement parce qu'il l'avait décidé. Que rien ni personne, pas même son conseil d'administration, ne pouvait le contraindre à faire quoi que ce soit contre son gré.

Il faisait penser à un fleuve majestueux, tumultueux. Puissant. Dynamique…

Dangereux.

Elle chassa le mot dès qu'il se forma dans son esprit.

Matteo Combe était d'une grande beauté, c'est vrai. Une beauté tout à la fois émouvante et satanique. Et il était riche. Immensément, indécemment riche. Descendant de deux grandes dynasties, d'un côté d'entrepreneurs britanniques, de l'autre de nobles italiens.

Elle savait parfaitement pourquoi il avait insisté pour que leur premier entretien ait lieu à Venise, cette ville féerique. Il avait voulu qu'elle vienne jusqu'ici, dans le somptueux palais vénitien des San Giacomo, pour lui faire prendre conscience de sa toute-puissance. Pour l'impressionner.

Sauf qu'elle n'était pas facile à impressionner, et Matteo Combe n'avait pas idée de ce qui l'attendait. Elle détestait les gars de cette espèce parce qu'elle les connaissait. Elle savait de quoi ils étaient capables, et elle était allergique à leur arrogance. Jeanette, son amie d'enfance, sa sœur de cœur, avait succombé à son addiction pour un homme tel que Matteo Combe, à l'ego surdimensionné, né avec une cuillère en argent dans la bouche, habitué à avoir le monde entier à ses pieds pour le servir et satisfaire ses désirs de chaque instant.

Oui, elle connaissait bien ces hommes-là. Elle n'éprouvait pas nécessairement le besoin de les détruire. Elle les voyait plutôt comme de gros ballons de baudruche, et de temps en temps elle fournissait l'épingle qui les faisait exploser. Elle avait la réputation d'en avoir fait redescendre sur terre plus d'un. Cela dit, il lui arrivait parfois d'être appelée à donner son avis sur des gars tout à fait corrects. Dans ces cas-là, elle était ravie de fournir un rapport élogieux sur l'intéressé. Preuve qu'elle ne haïssait pas les représentants du sexe opposé comme certains le prétendaient. Elle haïssait les mauvais. Ceux qui abusent de leur pouvoir et brisent les personnes fragiles.

Alors, pourquoi cet homme particulièrement riche et arrogant face à elle réussissait-il à se faufiler sous sa peau ? Ça, c'était entre elle et sa conscience qu'avait lieu cette conversation privée !

Matteo remua avec une nonchalance étudiée dans

son fauteuil superbement ouvragé qui, même si elle n'y connaissait rien en antiquités, devait valoir une fortune.

— Vous voulez que j'éprouve du remords. Mais si je ne peux pas vous le prouver, est-ce que je rate l'examen ?

— Je vous l'ai déjà dit, il n'est pas question de réussite ou d'échec, observa-t-elle en griffonnant quelques mots dans son dossier – plus pour le mettre mal à l'aise que pour prendre des notes. Ça vous perturbe ?

— Que mon avenir soit entre les mains d'une personne incapable de répondre à une question directe ? Pas du tout, docteur Fellows, ironisa Matteo avec le regard soudain étincelant d'un fauve.

Il n'avait décidément rien de l'aristocrate lisse et pompeux auquel elle s'était attendue. Les photos de lui sur Internet ou dans la presse – elle les avait passées en revue pour les besoins de son expertise, naturellement – ne rendaient pas justice au côté sauvage de Matteo Combe avec son épaisse chevelure noire à la limite de l'indiscipline, et le gris ardoise de ses iris qui la faisait songer à la pluie et, plus inquiétant, à danser dessous – alors même qu'elle était parfaitement consciente que ce genre de pensée était une folie.

Sur les photos, Matteo Combe portait généralement un costume de prix ou un élégant smoking, ce qui lui donnait des airs de grand seigneur. Mais aujourd'hui, il avait choisi pour l'accueillir une tenue qui devait passer à ses yeux pour décontractée – un jean élimé, probablement par un grand couturier, car un gars comme lui ne faisait rien qui puisse blanchir la toile aux genoux ou la déchirer artistiquement. Ses boots venaient manifestement de chez un bottier italien. Quant à son T-shirt, il était aussi différent du T-shirt en coton porté par le commun des mortels que peut l'être un avion de chasse d'un avion en papier. Pire, il lui moulait le torse, révélant ce qu'elle ne voulait surtout pas savoir sur la magnifique forme physique de son sujet d'expertise.

En réalité, elle le savait déjà. Elle savait qu'il courait le marathon. C'était aussi un excellent nageur, et quand il lui restait encore de l'énergie et du temps libre, il se distinguait sur les courts de tennis. Mais c'était une chose de lire ses exploits dans une chambre d'hôtel, c'en était une autre d'être assise face à cet homme qui usait de tout son pouvoir, même physique.

Attention, elle était ici pour évaluer son état mental, pas pour admirer le biceps qui saillait sous l'ourlet du T-shirt.

Fronçant les sourcils, elle se recentra sur l'objectif initial de la séance.

— Si vous le prenez ainsi, monsieur Combe, nous allons au-devant d'une relation conflictuelle.

— Elle est conflictuelle en soi, la corrigea-t-il d'une voix douce, même s'il n'y avait rien de doux dans la façon dont il la regardait. Vous devez le savoir.

— Vous aimez les rapports de force, n'est-ce pas ?

Il laissa échapper un petit rire surpris.

— Je ne dirais pas que j'aime ce genre de relation. Mais dans ma famille, nous n'en connaissons pas d'autres.

— Vous venez pourtant de me dire combien vous aimez votre sœur. L'amour est-il lui aussi un rapport de force, selon vous ?

— Votre famille est certainement très différente de la mienne, sinon vous ne poseriez pas la question.

Comme n'importe qui dans le monde, elle savait presque tout sur la famille de Matteo Combe, dont les deux branches se disputaient les titres de la presse à scandale depuis des lustres. Même pour quelqu'un qui ne lisait pas ce genre de journaux, il était difficile de les ignorer. Le père de Matteo avait régulièrement fait les gros titres pour ses incartades conjugales et sa brutalité en affaires. Quant à sa mère, elle avait été considérée de son vivant comme une des plus belles femmes de la planète, ce qui lui avait valu son lot de scandales et de rumeurs. Enfin, toujours d'après les médias, Matteo et sa sœur étaient proches malgré leur différence d'âge – huit ans –, qui faisait de Matteo davantage un parent de substitution qu'un frère.

À l'inverse, elle-même avait été élevée dans l'ombre. Fille unique de deux intellectuels froids et austères, plus intéressés par la recherche et les confrontations intellectuelles avec leurs pairs que par un enfant conçu plutôt par respect des conventions sociales que par désir.

Elle avait du mal à imaginer ce que pouvait être la vie d'un gamin élevé dans un palais comme celui-ci, en plein centre de Venise. Jeanette et elle avaient grandi dans des maisons mitoyennes de Berkeley Hills, aux pièces surchargées de livres, au porche branlant donnant sur un jardin abandonné aux herbes folles. Tout le contraire de cet endroit abritant du mobilier antique, des tableaux de la Renaissance, des tapisseries et des statues, témoignages des richesses passées du Vieux Continent.

Matteo Combe avait demandé à ce que l'entretien se déroule ici pour l'impressionner. Sauf que, au final, l'intention initiale se retournait contre lui : elle connaissait à présent l'importance qu'il accordait à son arbre généalogique, et ça, c'était un atout pour elle.

— Pourquoi pensiez-vous que ce serait mieux de nous voir ici, monsieur Combe ? Dans l'intimité de votre palais plutôt que dans votre bureau au siège de la compagnie. Est-ce là une tentative pour orienter nos échanges vers quelque chose de plus intime, voire même sexuel ?

— Encore une fois, c'est vous qui évoquez cet aspect, docteur Fellows, répliqua Matteo avec un petit sourire entendu. Pas moi.

Elle réussit à garder un visage impassible.

— Vous avez cependant insisté pour que notre premier entretien se déroule sous votre toit. Pouvez-vous m'expliquer les raisons de ce choix, monsieur Combe ?

— C'est simple, il se trouve que je suis ici en ce moment, répondit-il avec cet accent qui lui était propre.

Un accent pas vraiment britannique ni vraiment italien. Porté par une voix d'une tonalité grave, plus fascinante qu'elle n'aurait voulu l'admettre…

Horrifiée, elle sentit comme un frisson lui parcourir le corps et, pire, éveiller une sorte de crispation entre ses cuisses.

— Mon conseil d'administration et vous-même avez insisté pour débuter cette expertise le plus tôt possible, continua Matteo. Docile, je me suis aussitôt rendu disponible.

Il n'avait rien de docile, se dit-elle en s'exhortant à se recentrer sur les raisons de sa présence ici, et pas sur cette maudite crispation entre ses jambes, ni sur la nature sauvage qu'elle sentait couver sous la façade aristocratique de cet homme.

— Ce que je crois, monsieur Combe, c'est que vous m'avez invitée à venir ici pour m'impressionner.

— Loin de moi l'idée de vous impressionner, docteur Fellows.

— Monsieur Combe, je vous rappelle que vous faites l'objet d'une expertise psychologique à la demande de votre conseil d'administration. Or, vous me recevez en jean et en T-shirt dans ce lieu privé, comme si vous ne preniez pas cette expertise au sérieux. Vous trouvez cela raisonnable ?

Quelque chose traversa le regard gris posé sur elle. Une soudaine prise de conscience. Ou bien un éclair de colère. Les deux peut-être. Elle n'aurait su dire.

Sans la quitter des yeux, Matteo Combe se pencha en avant, les mains jointes, les coudes sur ses genoux, et elle prit soudain conscience que la bibliothèque n'était en réalité qu'une toute petite pièce aux murs couverts de livres du sol au plafond, avec juste ce qu'il fallait d'espace pour ne pas avoir l'impression d'être enfermé dans un placard. Et quand il se penchait ainsi vers elle, il semblait occuper tout l'espace.

— Écoutez, docteur Fellows, je préfère vous épargner une leçon d'histoire sinistre et ennuyeuse concernant ce palais. Sachez cependant qu'il n'a rien d'intime. Il ne contient pas grand-chose de personnel. Il est tel qu'il a toujours été. Je ne suis que son gardien, chargé de le maintenir en état pour le transmettre à la génération suivante. Comme le veut la tradition familiale depuis la pose de sa première pierre. Sachez aussi que je ne fais aucune distinction entre ce qui relève de l'entreprise et ce qui m'est personnel. Les deux sont étroitement liés. De plus, ma mère était une San Giacomo. Ce qui veut dire que je n'ai pas de vie privée à proprement parler.

— Est-ce une façon de me rappeler que vous êtes célèbre, monsieur Combe ?

— La célébrité ne dure qu'un temps. En revanche, je descends d'une famille – des deux côtés – qui occupe une place de premier plan et dispose de moyens importants.

— Vous croyez que…

— S'il vous plaît, docteur Fellows, tenons-nous en à l'essentiel, l'interrompit-il posément, même si l'impatience se lisait dans son regard et que son « s'il vous plaît » n'avait rien d'une demande. Qu'attendez-vous exactement de moi ? Une série de réponses à votre interrogatoire, formulées de façon à apaiser l'indignation des membres de mon conseil d'administration, n'est-ce pas ? Dites-moi ce dont vous avez besoin, et je vous le donnerai. Nous pourrons ensuite tourner la page et reprendre chacun le cours de notre vie.

Ces paroles firent à Sarina l'effet d'une gifle.

Décontenancée par sa réaction, elle se demanda pourquoi ça l'atteignait autant, et l'évidence s'imposa à son esprit : Matteo Combe n'était pas seulement beau à regarder, il était fascinant. Envoûtant. Au lieu de conduire son expertise comme elle devrait, elle s'attardait sur chacun de ses mots, chacune de ses attitudes. Elle prenait plaisir à croiser le fer avec lui. Elle aimait bien ça.

Elle l'aimait bien… *lui.*

Une vague de dégoût de soi la submergea.

Pardon, Jeanette.

Au souvenir de son amie, une autre vague la submergea, de chagrin cette fois.

Ce chagrin ne la quittait pas. Il ne la quitterait pas tant qu'elle n'aurait pas rempli son contrat à l'égard des hommes qui s'attaquaient aux jolies filles comme Jeanette et qui les brisaient avant de passer à la victime suivante.

Elle s'était juré d'honorer la mémoire de son amie le soir même où elle avait découvert son corps inerte dans la salle de bains de l'appartement universitaire qu'elles partageaient. Elle s'était juré de traquer ces prédateurs qui se croyaient tout permis pour les détruire et de participer ainsi au démantèlement des systèmes qui les maintenaient au pouvoir.

Ce n'étaient pas que des paroles en l'air, mais le fondement même de son existence. Et ce n'était pas cet homme richissime au regard couleur d'orage qui l'en détournerait.

— Ça ne marche pas ainsi, monsieur Combe. Vous avez l'habitude de diriger, mais dans le cas présent, c'est moi qui tiens la barre. Je vous dirai quand et où auront lieu nos prochains entretiens. Et je vous ferai savoir quand nous en aurons terminé avec cette expertise.

— Je doute que vous réussissiez à convaincre les membres du conseil de laisser traîner cette histoire. Ils aiment avoir rapidement satisfaction.

— Vous n'avez pas à savoir ce que j'ai négocié avec eux. Ce sont mes clients. Par conséquent, la nature de nos relations ne regarde que moi.

— Pratique pour vous.

— En effet. Et maintenant, voilà le point auquel j'aimerais que vous réfléchissiez, fit Sarina avec un sourire encourageant – un petit peu trop grand peut-être. Il est clair que vous aimez diriger. Vous dirigez l'empire familial, vous vous croyez également autorisé à diriger l'existence de votre sœur. Vous avez énormément de pouvoir. Or, en règle générale, les puissants de ce monde tendent à considérer qu'ils peuvent contrôler tout et n'importe quoi. Mais là, c'est moi qui dirige, et vous n'avez aucun contrôle sur moi.

— À dire vrai, je n'ai réfléchi qu'à ça depuis le début de cette conversation, répliqua Matteo.

Son ironie la prit au dépourvu. Et l'agaça. Mais elle n'en montra rien, du moins l'espérait-elle.

— Parfait. Continuez à y réfléchir et essayez de voir cette situation inédite pour vous comme une chance.

Un sourire sardonique étira les lèvres sensuelles de Matteo.

— Une chance pour quoi, exactement ?

Il était toujours penché en avant.

Contre toute logique, elle en fit autant.

La pièce sembla rétrécir, les murs se rapprocher et se refermer sur eux comme un poing, mais elle ne recula pas. Elle réussit à garder son sang-froid pour faire comme si de rien n'était.

— Une chance pour *vous*, monsieur Combe, répondit-elle d'un ton qui se voulait léger. Une chance de devenir meilleur. Quand vous aurez appris à céder le contrôle, vous serez libéré de ces concepts absurdes d'hégémonie masculine et vous n'aurez plus à lutter contre cette masculinité toxique qui vous pousse à la violence.

L'expression de Matteo indiqua clairement qu'il ne se sentait pas vraiment concerné par cette analyse de la psychologie masculine. Comme il la dévisageait d'un œil impassible, elle eut la désagréable impression que l'air s'épaississait dans sa gorge.

— Vous voulez dire que je n'aurais plus à lutter parce que Combe Industries aurait fait faillite une fois que j'aurais abandonné sa direction ? questionna-t-il posément. À moins que ce ne soit ma famille qui éclate une fois que j'aurais lâché prise, puisque c'est sur moi que repose sa cohésion. Je crois que vous m'avez mal cerné, docteur Fellows. Je n'essaie pas de diriger l'univers. De vous à moi, je me contrefiche de l'univers. Mais j'aime contrôler ce que je suis. J'aime être maître de mes actes.

— Dixit l'homme qui a perdu tout contrôle le jour des funérailles de son père.

Elle vit alors dans son regard gris un éclair de colère froide et brutale qui assombrit son visage, crispa ses mâchoires. Une colère puissante. *Excitante*.

Elle s'efforça de nouveau d'ignorer la crispation au creux de son ventre. Mais dans les yeux de Matteo, une lueur étrange indiquait clairement qu'il savait ce qu'il se passait. Qu'il était tout à fait conscient de l'effet qu'il exerçait sur elle.

— Oh ! docteur ! dit-il d'un ton suave, presque bienveillant. Vous croyez franchement que j'ai boxé ce type parce que j'avais perdu le contrôle ? Pas du tout. Au contraire. J'étais parfaitement lucide. J'avais très envie de le frapper, et je l'ai fait avec grand plaisir.

3.

Matteo savait qu'il aurait mieux fait de se taire. La vérité n'est pas toujours bonne à dire, surtout quand elle est inutilement provocante.

Sarina Fellows s'était levée, une étrange expression sur son visage. Une expression triomphante, avait-il songé sur le moment sans savoir pourquoi. Elle avait lissé les plis de sa jupe du plat de la main puis lui avait décoché un sourire compatissant.

— Nous allons en rester là pour aujourd'hui, avait-elle déclaré.

Comme si c'était elle qui donnait des ordres sous ce toit ! En sa présence ! Alors que les seules personnes qui avaient jamais osé lui parler ainsi avaient été ses parents – et que ceux-ci n'étaient plus de ce monde.

— D'ici à notre prochaine séance, prenez donc le temps de méditer sur cette chance de développement personnel qui s'offre à vous, monsieur Combe, avait-elle poursuivi en rangeant le dossier le concernant dans son attaché-case. Mais pour progresser dans cette voie, encore faut-il que vous manifestiez du remords pour avoir agressé physiquement un autre homme.

Cette fois, il avait eu la bonne idée de se taire. Et il avait pris le temps de méditer. Mais pas sur son développement personnel comme elle le lui avait ordonné.

Non. Il avait médité sur elle. Sur son refus de passer

la nuit dans l'une des chambres du palais, ce qui était plutôt sage parce qu'il ne pouvait s'empêcher de la regarder d'une façon qu'il ferait mieux d'éviter. Il avait aussi médité sur la hauteur de ses talons aiguille, qui faisait paraître ses jambes d'une longueur interminable et faisait naître dans son esprit des images toutes plus indécentes les unes que les autres.

Il avait médité sur l'intelligence que distillaient ses beaux yeux noirs, et à quel point ça lui plaisait, même si elle avait visiblement l'intention de s'en servir contre lui. Peut-être pour ça, d'ailleurs. Parce qu'il adorait relever des défis.

Il avait enfin médité sur le fait que c'était vraiment dommage que son conseil d'administration ait loué les services d'une experte aussi attirante, tant intellectuellement que physiquement.

En revanche, il n'avait eu aucune pensée pour le prince Ares, dont il avait pris grand plaisir à mettre les yeux au beurre noir. Ce qu'il referait avec joie.

Il s'était montré d'une extrême politesse tandis qu'il attendait avec Sarina la gondole qui devait la ramener à son hôtel. Mais il savait que leur premier entretien ne s'était pas passé aussi bien qu'il aurait dû.

Et s'il avait eu des doutes, Lord Christopher Radcliffe, l'un de ses rares alliés au sein du conseil d'administration, était venu sonner à sa porte dès le lendemain matin pour le lui confirmer.

— Tu lui as dit que tu avais délibérément frappé le prince, s'était-il lamenté, l'air désespéré. Matteo, tu tiens vraiment à ce qu'ils votent tous contre toi ? C'est du suicide !

— Bien sûr que non.

Cela dit, ce n'était pas tout à fait vrai. Une part de lui-même mourait d'envie de tout plaquer et de ficher le camp.

Cette part de lui haussait parfois le ton. Au point même de hurler tandis qu'il volait vers Londres, deux jours plus tard.

Il avait eu au téléphone chaque membre du conseil, lui demandant des explications à propos du premier compte rendu fourni par le Dr Fellows. Il avait ainsi appris quelque chose d'édifiant : cette femme avait décidé de le mettre en pièces.

Maintenant que c'était clair, il devait réagir. Il n'aurait pas dû répondre à ses provocations. Il aurait dû la considérer comme une arme de destruction massive dès le début, au lieu de se laisser embobiner par son potentiel de séduction.

Aussi agréable que soit d'imaginer le plaisir qu'il pourrait prendre avec elle, il ne laisserait pas cette femme le détruire.

Soucieux de donner une image plus raisonnable et conciliante que son père, il avait accepté de se soumettre à son expertise, mais il ne lui permettrait pas de semer les graines du doute et de la discorde dans son conseil d'administration. Il devait à tout prix prouver à cette bande de vieillards sentencieux qu'il était parfaitement capable de tenir la barre de l'entreprise dont il assurait déjà la bonne marche depuis des années. Et comme si ça ne suffisait pas, il devait aussi gérer les révélations contenues dans les testaments de ses parents.

Il avait beau rêver de tout laisser tomber pour commencer une nouvelle vie, il ne le ferait pas. En qualité de fils aîné – du moins, c'était ce qu'il croyait jusqu'à l'ouverture des dernières volontés maternelles —, il était chargé de préserver l'héritage familial et l'avenir de Combe Industries. Que ça lui plaise ou non, il devait veiller au grain et réparer les erreurs de parcours, d'où qu'elles viennent.

Dans l'immédiat, l'erreur à réparer venait de lui. C'était

lui qui avait frappé le prince Ares. À sa décharge, ce dernier avait finalement assumé ses responsabilités en proposant le mariage à Pia. Mais le mal était fait : les paparazzis avaient présenté l'affaire comme s'il avait battu à mort le futur époux de sa sœur.

L'incapacité des siens à gérer leur existence lui donnait un travail fou. Il y avait bien sûr les décisions de sa sœur adorée et leurs conséquences – elle n'avait désormais d'autre choix que d'accepter la demande en mariage du prince Ares puisqu'elle portait l'héritier du royaume insulaire d'Atilia. Il y avait aussi les vieux scandales de ses parents qui refaisaient surface maintenant qu'ils ne donnaient plus de grain à moudre aux tabloïds. Le dernier en date : ce demi-frère dont il n'avait jamais entendu parler.

Et tout cela, sans compter l'empire industriel qu'il devait continuer à faire tourner contre vents et marées, en dépit du nouveau bâton que le conseil d'administration lui mettait dans les roues avec cette maudite expertise.

Quand l'avion atterrit à Londres, il avait déjà éteint pas mal d'incendies.

C'était son job. Contrairement à ce que prétendaient certains et à ce qui se lisait dans les journaux, il était un bosseur acharné, compétent pour ce job. Mais à force d'éteindre les feux, un pompier finit parfois par y prendre goût et par développer une forme de fascination pour les flammes. Il lui arrivait ainsi de les attiser pour exploiter à son avantage la chaleur dégagée.

C'était exactement ce à quoi il réfléchissait – comme le lui avait ordonné ce brave Dr Fellows.

Elle voulait jouer à ce petit jeu ? Très bien. Maintenant qu'il connaissait ses intentions, il était partant. Parce qu'il était un joueur dans l'âme. Surtout quand les enjeux étaient élevés.

— Désolée de vous interrompre, lui dit son assistante

un après-midi, quelques jours après son retour à Londres. Mais elle est là. Et elle insiste pour vous voir.

Plongé jusqu'au cou dans des négociations de contrat avec des distributeurs étrangers qui avaient manifestement passé les dernières semaines à lire la presse à scandale – il ne voyait pas qui avait le culot de réclamer une seule seconde de son temps.

— Qui *elle* ? La reine mère ?

Lauren était à son service depuis trop longtemps pour se laisser intimider par son ton cassant et son regard féroce.

— Je ne pense pas que la reine mère débarquerait sans rendez-vous et sans sa garde royale, monsieur. C'est la psy.

Il esquissa une grimace agacée.

Il avait accepté n'importe quoi pour calmer les membres du conseil qui agitaient les tabloïds, l'écume aux lèvres, en braillant comme si le ciel était sur le point de tomber sur leurs têtes. Et maintenant, il avait sur les bras une psy qui faisait le siège de son bureau en plein milieu d'une journée de travail surchargée – une journée soit dit en passant « normale » dans son quotidien de P-DG.

Bon, il allait devoir s'occuper de Sarina Fellows plus tôt que prévu. Elle voulait jouer avec les allumettes ? Parfait. Il allait lui offrir un feu d'artifice.

— Très bien, Lauren. Laissez-moi cinq minutes avant de la faire entrer.

Une fois son piège en place, il s'avança vers la baie vitrée qui donnait sur Hyde Park.

Le soir tombait déjà, glacial et tempétueux, au diapason des émotions qui grondaient en lui. Un tumulte qui atteignit son paroxysme quand il entendit la porte de son bureau s'ouvrir puis se refermer.

Colère. Fureur. Excitation.

— Beau travail, docteur, dit-il avec une douceur dangereuse. En moins d'une semaine, vous avez réussi à semer la zizanie au sein de Combe Industries. L'incertitude règne, et les spéculations vont bon train.

— Je ne vois pas ce que vous voulez dire, monsieur Combe, répondit Sarina sur le même ton empreint de douceur dans lequel il crut cependant percevoir une pointe de satisfaction. Comme je vous l'ai précisé dès le début, vous n'êtes pas mon patient. Il s'agit d'une expertise, pas d'une consultation. Vous auriez dû savoir que tout ce que vous me disiez n'était pas couvert par le secret médical.

Il ne prit pas la peine de se retourner vers elle. Il garda le regard rivé sur la baie vitrée, mais ce n'était plus Londres qu'il voyait, c'était le reflet de Sarina. Toujours vêtue de noir, élégante, fine, tranchante telle une épée.

Un frisson le parcourut. De colère ?

Cette femme n'avait aucune idée de ce dont il était capable. Il allait le lui montrer.

— Je ne comptais pas sur le secret médical, docteur Fellows. Simplement, j'imaginais que vous feriez au moins semblant de chercher à établir la vérité. À présent, il est clair que votre mission consiste à me détruire.

Il attendit qu'elle proteste, mais elle n'en fit rien.

Elle n'esquissa pas non plus un sourire. Et il aurait juré entendre un brin d'amusement dans sa voix quand elle lui rétorqua :

— Vous n'avez besoin de personne pour vous détruire. Vous le faites très bien tout seul.

— Je vous croyais chargée d'une évaluation impartiale, pas d'un assassinat.

Sarina Fellows s'avança dans le bureau.

Il vit son reflet se rapprocher, son déhanchement fluide et gracieux, et il cessa de prétendre que la façon dont cette femme l'affectait n'était que de la colère.

Elle portait de nouveau ces incroyables talons aiguille…

Bon sang ! Elle était en train de le transformer en fétichiste ! Ça aussi, il le lui ferait payer.

— Je ne vous suis pas, monsieur Combe, observa-t-elle calmement.

Il la regarda s'immobiliser devant sa table de travail, s'y appuyer d'une hanche, les bras croisés sur sa poitrine.

— Vous avez l'impression que c'est votre personnage qu'on assassine ? susurra-t-elle.

C'était un jeu de pouvoir dont il était parfaitement conscient. En d'autres circonstances, il aurait applaudi. En digne fils de son père, il aimait la bagarre, mais il était aussi l'héritier des San Giacomo, l'une des plus puissantes familles italiennes, réputée pour son art de la manipulation et de l'intrigue. Sarina Fellows aurait dû mieux se renseigner.

— À grands coups de hache, docteur Fellows.

Il devina dans son dos son sourire aussi tranchant qu'un poignard.

— Votre personnage ne regarde que vous, monsieur Combe. Comment pourrais-je vous nuire si vous êtes convaincu du bien-fondé de vos actes ? Il faudrait pour cela que vous en ayez honte au fond de vous.

— Est-ce ce que vous recherchez ? Faire en sorte que j'aie honte d'avoir frappé le gars qui a engrossé ma sœur ?

— Que vous évoquiez cette possibilité est un progrès. Je n'en espérais pas tant.

Sentant la colère battre dans ses veines, et quelque chose de plus sombre aussi – quelque chose qui lui donnait l'impression d'être sur le point de perdre tout contrôle –, il se tourna vers elle.

— Il faudra m'expliquer quel est le but de votre expertise et jusqu'où je vais devoir aller. Dois-je me traîner à vos pieds ? Dois-je me plier à tous vos caprices ? Dites-moi ce que vous attendez de moi.

Le sourire de Sarina était calme, mais son regard gris étincelait. Imperturbable, elle le dévisagea.

— Si ça ne vient pas de vous spontanément, monsieur Combe, comment savoir si vous êtes sincère ?

Il fronça les sourcils, affichant un air préoccupé.

— Dites-moi, docteur… Comment pouvez-vous juger de ma sincérité dans cette affaire, vous qui n'avez ni frère ni sœur ?

Le coup porta, et c'est avec satisfaction qu'il la vit se raidir.

— N'en faites pas une affaire personnelle en vous aventurant sur ce terrain, monsieur Combe. Je vous le déconseille fortement ! dit-elle d'une voix sévère, comme si elle s'imaginait le faire plier en prenant son petit ton d'institutrice.

— Pourquoi pas, docteur Fellows ? Mon conseil d'administration s'autorise à fouiller ma vie privée. Pourquoi n'en ferais-je pas autant avec l'outil contondant qu'ils m'ont envoyé pour satisfaire leurs caprices ?

— À vos yeux, je ne suis qu'un outil ?

— Ce que vous êtes, c'est une femme qui n'a aucune expérience du genre de relations qui m'ont conduit à agir comme je l'ai fait lors des funérailles de mon père.

— Vous croyez que je ne connais rien aux rapports humains parce que je suis fille unique. C'est ce que vous êtes en train de me dire ?

Totalement centré sur sa cible à présent, il enfonça les mains dans ses poches et enclencha le tir de roquettes.

— Vos parents sont de brillants intellectuels. Ils font partie de cette catégorie de professeurs qui passent leur vie à l'écart du monde réel, dans des établissements d'élite réservés à la progéniture de familles fortunées.

Sarina ne cilla pas, mais il aurait juré que ses pupilles s'étaient un tantinet dilatées.

— Ça n'a rien à voir, monsieur Combe.

Ignorant l'interruption, il poursuivit.

— Ils vous ont conçue alors qu'ils avaient déjà un

certain âge. Vous êtes une enfant unique, tout comme eux l'étaient aussi. Si bien qu'ils sont votre seule famille et que vous n'êtes pas la mieux placée pour juger des obligations et des liens familiaux qui gouvernent l'existence de la plupart des gens. Votre vision est forcément limitée par votre expérience.

— Je ne vis pas à l'écart du monde, rétorqua Sarina avec une soudaine véhémence indiquant qu'il avait touché sa cible. Aux dernières nouvelles, le monde est peuplé d'hommes et de femmes qui entretiennent des relations humaines auxquelles j'ai décidé de consacrer ma vie professionnelle. Alors, même si je n'ai pas connu les plaisirs d'un toit partagé avec de nombreux frères et sœurs – ou comme vous de plusieurs toits partagés avec une seule sœur et une foule d'employés de maison —, soyez assuré que je possède une connaissance approfondie de toutes les formes possibles d'émotions humaines.

— Permettez-moi d'en douter, insista-t-il avec un calme jubilatoire. D'autant qu'il semble que vous n'entretenez à ce jour aucune relation d'ordre… intime, si je puis dire.

Sarina s'empourpra, preuve qu'il y avait certaines choses qu'elle préférait qu'il ne sache pas, conclut-il, satisfait. Puis elle se redressa de toute sa hauteur.

— Vous n'avez pas le droit de fouiller dans ma vie privée.

Il aurait juré la voir vibrer de colère.

— Ce n'est que justice, puisque vous creusez dans la mienne à grands coups de pelleteuse.

— Voyez-vous, monsieur Combe, votre façon de faire constitue une preuve de plus du genre de comportement inadapté qui vous a mis dans cette situation.

— Je n'ai fait que me renseigner sur votre compte, docteur Fellows. Ceux qui me connaissent – les membres de mon conseil d'administration, en l'occurrence – savent que je ne laisse jamais rien au hasard et que je n'autorise pas quelqu'un à fouiller dans mes pensées ni dans ma vie sans avoir d'abord enquêté sur lui.

Elle détourna brièvement les yeux, le rouge de ses joues trahissant sa colère et sa frustration. Mais elle se ressaisit presque aussitôt et lui décocha un regard glacial.

— Content de vous, monsieur Combe ? Vous pensez avoir la situation en main parce que vous croyez connaître la vérité sur moi. Ça vous rassure ?

Il ignora la question.

— Vous êtes une femme ambitieuse qui ne vit que pour son travail, reprit-il comme s'il rendait un verdict. Toute l'année, vous naviguez d'hôtel en hôtel à travers le monde, sans attaches. Vos parents ne se soucient que de leurs recherches. Au final, vous êtes très seule.

Ils se faisaient face à présent, comme deux adversaires sur le champ de bataille, se jaugeant, résolus à ne pas céder un pouce de terrain.

— Si vous espérez me déstabiliser en m'attaquant sur ma vie personnelle, vous vous trompez, monsieur Combe. Vous ne faites qu'apporter un éclairage supplémentaire sur votre caractère. Et comme je vous l'ai déjà dit, personne ne cherche à vous assassiner, vous vous en chargez très bien tout seul.

Elle semblait avoir repris le contrôle de ses émotions et le regardait à présent avec une certaine condescendance. Sans doute pour le rabaisser et le mettre mal à l'aise. Mais il voyait son pouls battre frénétiquement à la base de son cou, trahissant sa colère.

C'était exactement sur cette réaction qu'il comptait.

Dissimulant sa satisfaction, il repartit à l'attaque sans attendre.

— À vrai dire, tout ce qui touche à la psychologie me fascine, docteur Fellows. Ainsi, je me demande pourquoi une femme qui mène une existence aussi solitaire que la vôtre ose se dire experte en émotions et en relations qu'elle n'a jamais connues. À ce compte-là, je pourrais me déclarer expert en littérature du moment que j'ai lu un livre.

— Continuez de creuser votre trou, monsieur Combe.

Il s'avança vers elle sans quitter des yeux le creux de sa gorge où battait son pouls. De colère, sans doute. Mais comme il se rapprochait, il vit ses yeux s'écarquiller, ses narines se dilater légèrement. Et son pouls s'accélérer.

Il savait reconnaître le désir quand il le voyait. Il y avait aussi cette flamme qui s'allumait dans son propre corps.

— On dirait que vous en faites une affaire personnelle, docteur Fellows.

Il s'immobilisa quand elle fut à portée de main, suffisamment près pour noter le léger frisson sur sa peau.

— Il n'y a rien d'objectif dans cet entretien, n'est-ce pas ? Dans le précédent, non plus. Vous êtes ici pour m'abattre, ni plus ni moins.

Sarina secoua la tête.

Il savait qu'elle ressentait ce courant entre eux qui s'intensifiait de seconde en seconde, parce que lui aussi le ressentait.

Elle s'éclaircit la gorge.

— Vous êtes conscient, monsieur Combe, que chaque parole qui sort de votre bouche est un clou que vous plantez tout seul dans votre propre cercueil.

Soudain, elle leva la main. Pour mimer l'action de planter le clou ou dans l'intention de le gifler ?

Il ne saurait jamais. Parce que, au lieu de ça… Elle posa la main sur son torse. Juste dans le creux situé entre ses pectoraux.

Un instant, tous deux regardèrent cette main audacieuse, et l'air se chargea d'électricité.

Comme il relevait les yeux sur Sarina, il vit ses joues s'empourprer et une expression horrifiée se peindre sur son visage.

Elle voulut retirer sa main, mais il s'en saisit et la maintint là où elle était, plaquée contre son torse. Sans la lâcher des yeux, il en profita pour prendre l'avantage et se rapprocher encore.

— Vous n'êtes qu'un intermédiaire, asséna-t-il d'une voix basse et profonde qui la fit frissonner. Un simple dispositif d'enregistrement qui rapporte chacune de mes paroles à mes adversaires au sein du conseil d'administration, afin qu'ils puissent s'offusquer et se débarrasser de moi en prouvant mon incapacité à gérer l'empire industriel hérité de mon père.

Il sentit ses doigts se crisper contre son torse. Elle tenta d'afficher une expression glaciale, ce dont il se fichait vu cette fièvre qui montait entre eux. Une fièvre qui irradiait du tréfonds de leurs êtres. Une fièvre orageuse à laquelle il n'était pas préparé.

Ce qui ne voulait pas dire qu'il ne s'en servirait pas.

— Je rapporte vos paroles à mon client, rectifia Sarina. C'est tout à fait normal.

Il lâcha sa main et observa qu'il fallut une seconde pour qu'elle en prenne conscience et qu'elle la retire brusquement, comme si elle s'était brûlée.

La fièvre entre eux était toujours là.

Lentement, il tendit les doigts vers le visage de Sarina et dessina le contour de sa jolie mâchoire.

Elle se figea.

La voyant trembler sous la caresse, il sentit le désir lui brûler le ventre. Un désir si violent qu'il faillit oublier le petit jeu auquel il était en train de jouer avec elle.

— Qu'est-ce que vous essayez de faire ? dit-elle d'une petite voix incertaine.

Il y avait aussi une étrange lueur d'appréhension dans ses yeux. Et le fait qu'elle ne le repoussait pas. Mais il n'était pas ici pour chercher à la comprendre, ni pour s'émouvoir sur la douceur satinée de sa peau sous ses doigts. Il était ici pour gagner.

— Votre main posée sur moi, c'était pour me montrer que c'est vous qui détenez le pouvoir ? questionna-t-il posément. Parce que, si je m'en tiens à votre définition du concept de masculinité toxique, on pourrait parler ici de féminité toxique.

— C'était accidentel, un simple instant d'inattention, répliqua Sarina.

Sans son habituel petit sourire narquois, cette fois.

Il avait gagné, mais il devait cependant rester prudent. La joue de Sarina sous sa paume dégageait une chaleur qui se propageait jusque dans son sexe. Et ses périlleux talons aiguille mettaient sa bouche à hauteur de la sienne. Il lui suffirait d'incliner la tête pour la goûter, s'y perdre…

— Monsieur Combe…

À coup sûr, elle allait lui demander de s'éloigner. Pourtant, elle n'en fit rien. Elle ne chercha pas à détourner la tête pour échapper au contact de ses doigts sur sa joue. Elle ne chercha pas à s'éloigner. Elle ne broncha pas, ni ne le menaça. Elle se contenta de le regarder comme si cette situation lui échappait. Comme si elle ne comprenait pas ce qu'il se passait entre eux. Il sentait son pouls qui la trahissait et qui faisait écho au sien, le prévenait qu'il courait à sa perte. Parce que la soie de sa peau le rendait fou et qu'il mourait d'envie de caresser son corps de la tête aux pieds. Parce qu'il aurait dû s'inquiéter de la férocité de sa réaction au lieu de vouloir à tout prix gagner la partie.

— Si nous sommes en train de clouer mon cercueil, souffla-t-il contre ses lèvres, assurons-nous qu'il est bien hermétique.

Puis il inclina la tête un peu plus et goûta à cette bouche si belle et si futée.

Enfin.

4.

Sarina était consciente de trahir la femme qu'elle prétendait être, mais elle n'y pouvait rien.

Elle était entrée dans ce bureau totalement maîtresse d'elle-même et de Matteo Combe. La veille, elle avait envoyé le compte rendu de leur premier entretien à Venise à ses clients impatients d'avoir son avis à propos de leur P-DG à problèmes. Aujourd'hui, elle avait décidé de débarquer à l'improviste dans son bureau londonien, une de ses manœuvres préférées.

Le dos au mur, pris par surprise, les hommes de pouvoir se montraient souvent sous leur véritable jour. Certains lui avaient lancé des menaces de mort. D'autres, le visage écarlate et les veines saillantes, avaient promis de l'écorcher vive. Elle avait été achetée, soudoyée. Elle s'était même fait expulser manu militari par l'équipe de sécurité d'un patron exaspéré. À chaque fois qu'un homme réagissait ainsi, elle se sentait confortée dans sa mission. Elle avait raison de faire ce qu'elle faisait : trier les bons des mauvais, éliminer les corrompus et les dépravés. Les démolir un par un, les mettre hors d'état de nuire. Faire en sorte qu'ils ne puissent plus abuser de leur pouvoir pour faire du mal. Et même si elle éprouvait quelque part en elle une certaine gêne, elle continuait la lutte. Parce que, au fond de son cœur, elle savait que Jeanette en aurait fait autant pour elle.

Mais là, c'était autre chose. Elle naviguait en terrain inconnu. Matteo Combe était hors de sa zone d'expérience – et il l'embrassait comme s'il connaissait mieux qu'elle-même tous les trucs coupables dont son corps était capable.

Elle n'aurait pas dû le toucher. Sa main avait agi indépendamment de son cerveau pour aller se poser sur son torse. Elle aurait dû le gifler quand il avait caressé sa mâchoire. Pourquoi ne l'avait-elle pas fait ?

Elle n'en savait rien.

« Menteuse », lui souffla sa conscience. Elle savait très bien pourquoi.

Oui, c'était à cause de… de sa bouche sur la sienne, brûlante et déterminée. À cause de son parfum viril, incroyablement addictif.

Et comme si Matteo Combe était conscient qu'il était synonyme de désastre annoncé et de tentation, il inclina la tête pour approfondir son baiser.

Tout ceci était déjà terriblement dangereux, mais au lieu de se rebeller, elle oublia la femme qu'elle s'était juré d'être, celle qu'elle croyait être – tout –, et elle l'embrassa à son tour.

Le monde chavira, allumant un brasier en elle. Plus rien n'existait, hormis cette pulsion impérieuse qui la poussait vers cet homme. Sinon, comment expliquer qu'elle ait noué ses bras autour de son cou ? Comment expliquer qu'elle soit sur la pointe des pieds, plaquée contre lui ?

Ça n'avait aucun sens, mais Matteo Combe avait le goût du feu et lui faisait découvrir un territoire inexploré. Elle était comme ivre, ses jambes tremblaient tandis que sa langue jouait avec la sienne à un jeu provocateur. Ses mamelons avaient durci et, entre ses cuisses, ce qui avait été une crispation à Venise était devenu une pulsation lancinante.

Matteo rompit brusquement leur baiser, lui arrachant un gémissement. Il la dévisagea de son regard gris étincelant et acéré comme l'acier.

— N'oubliez pas de mentionner ce baiser dans votre prochain rapport, docteur Fellows, asséna-t-il d'une voix râpeuse qui fit à Sarina l'effet d'une horrible caresse. Je ne voudrais pas que les membres du conseil d'administration ratent un seul détail de votre réponse pour le moins... enthousiaste.

La honte la frappa de plein fouet. Elle s'écarta vivement, comme elle aurait dû le faire dès le début. Mais ça ne servait plus à rien. Mettre de la distance entre eux, se flageller pour cette réponse « enthousiaste » à son baiser ne changerait rien. Impossible de se mentir ou de prétendre qu'il ne s'était rien passé.

Bon sang, qu'est-ce qu'il lui avait pris ?

— Pas de retour au score ? se moqua Matteo sans manifester la moindre gêne. Pas de réplique tranchante comme un scalpel pour me mettre en pièces ? Je suis déçu, *docteur.*

Pétrifiée, elle le dévisagea en silence.

Les pensées les plus folles et les plus désespérées rebondissaient comme des balles de ping-pong dans son esprit. Elle devait à tout prix se ressaisir.

Elle redressa le menton.

— Ce que vous venez de faire est indigne. Et ce ne sera certainement pas à votre avantage quand j'informerai les membres de votre conseil que vous avez osé m'embrasser de force...

Elle ne comprit pas l'expression qui se peignit alors sur le visage de son adversaire. Une expression de triomphe.

Il lui sourit.

— C'est ça, dites-leur que je suis une sale brute ! Allez-y, ne vous gênez pas !

Elle ne s'était jamais considérée comme une menteuse.

Le fait que Matteo s'attende vraiment à ce qu'elle aille raconter qu'il l'avait embrassée de force, alors qu'ils savaient tous deux qu'il n'en était rien, lui fit l'effet d'une claque monstrueuse. Elle se rendait soudain compte qu'il ne la jugeait pas honnête. Et qu'il n'était sans doute pas le premier.

Pour la première fois, les raisons d'être de sa mission vacillèrent sur ses fondations. Ses certitudes étaient ébranlées.

Elle s'entêta cependant.

— Ce sera ma parole contre la vôtre sans qu'il soit nécessaire de traiter qui que ce soit de brute, monsieur Combe.

— Matteo, rectifia-t-il d'une voix d'une douceur diabolique. Maintenant que nous avons échangé nos salives, on pourrait peut-être s'appeler par nos prénoms, qu'en dites-vous ?

Ces derniers mots résonnèrent sous son crâne comme un gong, une sorte de signal d'alarme, même s'il était sans doute déjà trop tard.

Dans un violent effort, elle fit taire sa peur et sa honte pour tenter de redresser le cap et reprendre en main cette situation absurde.

— Ce sera ma parole contre la vôtre quelle que soit la façon dont je vous appelle. Et vous savez aussi bien que moi que les membres de votre conseil me trouvent plus convaincante que vous.

Elle s'attendait à ce qu'il explose, qu'il défoule sa colère comme le faisaient les hommes de son espèce. Mais il continuait de sourire.

— À votre place, je n'en serais pas si certaine, dit-il avec une pointe de triomphe dans la voix qui la fit tressaillir. Vous découvrirez peut-être que ces messieurs, s'ils sont ravis de me condamner par contumace pour se remplir les poches, ne sont que de vieux grigous affreusement conservateurs aux idées rétrogrades.

Elle eut l'impression qu'une énorme vague noire s'apprêtait à l'engloutir.

Elle inspira profondément.

Elle n'avait aucune raison de paniquer. Elle seule savait comment, l'espace d'un seul baiser, elle venait de faillir à sa mission.

— N'importe quoi, réussit-elle à proférer, le cœur bondissant dans sa gorge. Tout le monde sait que les membres des conseils d'administration sont généralement conservateurs. Ce n'est pas nouveau.

Raison pour laquelle elle faisait toujours très attention à se conduire de manière irréprochable. Jusqu'à aujourd'hui.

— En réalité, reprit Matteo en enfonçant les mains dans ses poches, l'air satisfait, la question est la suivante : comment croyez-vous que votre client réagira à une vidéo vous montrant collée à moi ?

Elle sentit ses cheveux se dresser sur sa tête. Une émotion intense la fouetta, menaçant de la faire fondre en larmes – idée qui lui faisait horreur.

— Ne soyez pas ridicule. Dites plutôt que vous rêveriez d'avoir cette vidéo.

En dépit de son trouble, elle avait réussi à parler d'une voix ferme.

— Malheureusement pour vous, je suis un homme d'action, pas un rêveur, répliqua Matteo en pointant une télécommande en direction du mur opposé.

Elle vit avec épouvante le panneau coulisser pour dévoiler un écran. Son estomac lui parut se retourner, et l'espace de quelques secondes, elle crut qu'elle allait vomir. Ou s'évanouir. Ou les deux.

— C'est contraire à toute morale d'enregistrer…

— Vous pensez vraiment que c'est le moment de parler de moralité ?

La bouche sèche, elle fixa l'écran noir.

— Je ne vous crois pas, vous bluffez.

— Je n'espérais pas que vous me croiriez, répliqua Matteo d'une voix douce – bien trop douce.

Il enfonça une touche sur la télécommande, et la vidéo démarra.

Elle se vit apparaître sur l'écran. Elle s'avançait dans la pièce confiante, tête haute, sourire aux lèvres, la démarche assurée, certaine de tenir au creux de sa main un autre capitaine d'industrie arrogant. Mais la femme sur l'écran abandonnait presque aussitôt sa position de force. Pour commencer, elle s'approchait beaucoup trop près de Matteo. Et si elle se souvenait des paroles qu'elle avait prononcées d'un ton froid et professionnel, son corps racontait une tout autre histoire. L'histoire d'un jeu de séduction.

Elle fut atterrée avant même d'arriver à la séquence où elle avait stupidement posé la main sur lui.

Ensuite, il l'embrassait, et là, c'était pire. La femme sur l'écran fondait littéralement. Il n'y avait pas d'autre mot pour décrire la scène. C'était *elle* qui s'était plaquée contre lui. *Elle* qui avait noué les bras autour de son cou.

Elle avait l'impression de regarder une inconnue. Une inconnue qui n'était autre qu'elle-même.

— Oh là là, commenta Matteo d'un ton empreint de fausse sympathie. Ça s'annonce mal pour notre brillante experte.

Elle se ressaisit. Elle se sentait en mille morceaux, mais elle réglerait ça plus tard, seule dans sa chambre d'hôtel, en essayant de comprendre d'où sortait cette femme qu'elle voyait sur l'écran. Elle essaierait de comprendre comment elle avait pu être assez sotte et aveugle pour se tromper à ce point sur sa cible. Mais dans l'immédiat, elle devait d'abord sortir de ce pétrin.

— Félicitations, monsieur Combe, réussit-elle à dire d'une voix glaciale.

Elle se tourna vers lui, la tête haute.

— Vous m'avez piégée, bravo ! Cependant, laissez-moi vous prévenir. Le président de votre conseil d'administration tient à cette expertise. Vous n'y échapperez pas. Si vous me faites congédier, je serai remplacée.

— Vous n'avez pas compris, Sarina, observa Matteo d'une voix caressante. Je veux que vous restiez. Les cartes ont changé de main, voilà tout. Et vous allez continuer à jouer le jeu.

Elle se raidit.

— Je ne saisis pas.

Matteo haussa les épaules, les yeux étincelant d'une jubilation malveillante.

— C'est pourtant simple. Rien ne m'empêche de montrer cette vidéo à votre client, voire au monde entier. À vous de choisir.

D'une certaine façon, elle ne pouvait guère le lui reprocher.

Elle s'éclaircit la gorge tout en cherchant désespérément une solution.

— Si je vous suis bien, vous menacez de m'humilier publiquement en diffusant une vidéo enregistrée à mon insu. Une vidéo illégale, par conséquent.

— Trouvez-moi un seul paparazzi, un seul journaliste, qui s'inquiétera de l'aspect illégal de cette vidéo. Allez-y, Sarina. Je vous souhaite bien du plaisir.

— Personne ne s'inquiètera de quoi que ce soit jusqu'à ce que la justice s'en mêle.

— Certes, mais le mal sera fait, observa Matteo avec un sourire en lame de rasoir.

Elle avait sous-estimé cet homme. Il n'était pas comme les autres. Il était pire.

— Votre réputation professionnelle repose sur votre

capacité à naviguer dans le monde des grosses entreprises tel un requin qui tue sa proie sans pitié et sans appel, reprit-il froidement. Comment ferez-vous quand on saura que vous êtes parfois sujette à des élans de ferveur romantique ?

Elle secoua la tête.

Elle ne disposait plus d'aucun moyen de pression, il n'y avait plus rien à négocier. Mais n'étant pas du genre à baisser facilement les bras, elle continuait de chercher une sortie.

— Si je comprends bien, vous me faites chanter. Qu'allez-vous me demander en échange de la non-diffusion de cette vidéo ? Des faveurs sexuelles avilissantes ? asséna-t-elle, provocante.

— À seule fin que vous puissiez passer pour une martyre sur l'autel de ma luxure ? ricana Matteo. Et prouver ainsi que je suis bel et bien le monstre que vous pensez ?

— Allons donc, vous n'êtes pas un monstre. Filmer quelqu'un à son insu pour le faire chanter est tout à fait normal. Ça n'a *absolument rien* de monstrueux !

Son ton acide arracha un éclat de rire à Matteo.

— Ne jouons pas sur les mots, Sarina. Il s'agit bien d'un chantage, mais je ne vais pas vous réclamer de faveurs sexuelles. Ce que vous voudrez m'offrir ne regarde que vous.

Son regard gris la rendit atrocement nerveuse. Elle avait l'impression qu'il se glissait sous sa peau. Il y avait de nouveau cette tension dans ses seins, ces picotements dans certaines parties de son anatomie, comme si son corps réagissait à cet homme de façon insensée.

— Je tiens à préciser que je ne suis pas fan de pratiques sexuelles avilissantes, poursuivit Matteo avec un sourire diabolique. Cela dit, je suis ouvert d'esprit. Si vous souhaitez me faire changer d'avis, n'hésitez pas.

— Et si je décide de ne rien vous offrir du tout ?

— À vous de voir. Ce qui m'intéresse, ce n'est pas ce que vous pouvez faire pour moi au lit. C'est ce que vous pouvez faire pour moi au conseil d'administration.

Elle essaya de se convaincre que ce qu'elle ressentait, c'était du soulagement. D'une part parce qu'elle serait bien incapable d'offrir à cet homme, ni à aucun autre d'ailleurs, la moindre faveur sexuelle même avec un revolver sur la tempe – en l'occurrence la diffusion de cette maudite vidéo qui sonnerait le glas de sa carrière professionnelle. D'autre part, parce qu'elle préférait ignorer cette chaleur humide entre ses cuisses qui laissait entendre que ses sentiments sur le sujet étaient bien plus complexes.

— Vous voulez que je mente à votre conseil d'administration ?

— Pas du tout, répondit Matteo avec son petit sourire horripilant. Je veux simplement que vous leur procuriez le rapport élogieux que je mérite sur mon aptitude à diriger l'empire industriel dont j'ai hérité de droit. Ni plus ni moins. Alors ? Que choisissez-vous, *docteur* ?

Elle aurait aimé pouvoir se draper dans sa vertu et abattre cet homme par la seule force de son intégrité. N'était-ce pas ce pour quoi elle était venue ici ?

Matteo Combe était l'image même du genre d'homme qui avait détruit Jeanette et qu'elle s'était juré de mettre hors d'état de nuire. Le salaud qui avait détruit son amie avait été le premier dirigeant d'entreprise poussé à la démission grâce à ses services. Certaine que ce n'était que justice, elle s'était ensuite lancée dans une traque sans merci de ces hommes qui abusaient de leur pouvoir, se croyant tout permis. Et Dieu sait qu'ils étaient nombreux dans ce bas monde. Bien sûr, il existait aussi des gars corrects, mais la balance avait tendance à pencher du côté des autres…

En fait, elle avait fini par s'arroger un rôle de justicière – exactement le rôle qu'elle reprochait à Matteo à l'égard de sa sœur. Elle était devenue une sorte de cow-girl sillonnant la planète, revolver au poing, parce qu'elle se sentait investie d'une mission et qu'elle était douée au tir. Comme tout le monde, elle avait vu dans la presse les photos des funérailles d'Eddie Combe. Oui, Matteo avait abîmé le portrait du séduisant prince Ares. Mais la sœur de Matteo n'avait pas eu l'air horrifié. Et pour être honnête, le prince non plus.

Pourquoi, finalement, croyait-elle que son jugement sur une situation comptait davantage que le ressenti des personnes en cause ?

Parce que ça faisait un bout de temps qu'elle avait cessé de s'interroger sur la justification de tel ou tel comportement. S'il lui semblait caractéristique d'un abus de pouvoir, elle intervenait. Point barre.

« Est-ce vraiment toi ? » questionna une petite voix au fond d'elle.

Elle la reconnaissait, cette petite voix, c'était celle de Jeanette, son amie, la sœur qu'elle avait perdue.

Elle n'avait pas envie de répondre à cette question, mais le simple fait de se la poser lui donnait la réponse. Et elle commençait à se demander si, au lieu de punir les abus de pouvoir, elle n'était pas en train d'en commettre elle-même lorsqu'elle mettait ses compétences au service de clients discutables, comme le président du conseil de Combe Industries qui lui avait ouvertement laissé entendre qu'il voulait le départ de l'héritier Combe.

Secouée, elle recentra son attention sur l'homme face à elle qui l'observait comme s'il pouvait lire chacune des pensées qui lui traversaient l'esprit. Comme s'il savait déjà comment tout cela finirait.

— Je ne veux pas que cette vidéo soit diffusée, dit-elle

quand elle fut certaine de pouvoir parler sans bégayer ni trembler. Dites ce que vous attendez de moi.

Elle allait devoir payer pour son erreur et en tirer les leçons. Et tant qu'elle y était, elle pourrait peut-être même envisager de changer de vie pour se réconcilier avec elle-même.

À condition qu'elle survive à cette histoire. Ce qui n'était pas gagné quand Matteo Combe la regardait ainsi, avec ce sourire de prédateur à donner la chair de poule.

5.

Le domaine de la famille Combe était érigé sur la colline dominant l'une des plus vieilles cités industrielles du Yorkshire. Au fil des ans et des évolutions technologiques, les usines s'étaient transformées, mais la ville n'avait pas beaucoup changé – de modestes maisons de pierre aux toits d'ardoise alignées en rang d'oignons entre les cheminées d'usine.

Combe Manor avait été construit pour proclamer la rapide ascension sociale d'une famille d'ouvriers. Visible des quatre coins de la cité, l'imposante bâtisse, d'une opulence ostentatoire avec son corps de logis massif encadré par quatre tourelles en faux gothique, s'élevait au bout d'une étroite route escarpée, loin de tout. Totalement isolée.

Sans doute était-ce la raison pour laquelle Matteo avait choisi de la traîner jusqu'ici, ne put s'empêcher de noter Sarina.

Et elle allait devoir faire avec.

Il avait insisté pour quitter Londres le soir même. N'étant pas en position de négocier quoi que ce soit, elle s'était mordu la langue et avait baissé pavillon tandis que l'atroce vidéo passait en boucle sous son crâne. Matteo avait envoyé quelqu'un chercher ses affaires à l'hôtel. Ensuite, il l'avait fait monter dans une limousine et s'était tranquillement installé à côté d'elle avant de daigner enfin l'informer de leur destination – sa demeure ancestrale dans le Yorkshire.

Il s'attendait certainement à ce qu'elle se rebiffe, aussi avait-elle fait tout le contraire. Dans une brillante interprétation du rôle de la créature soumise, elle avait hoché la tête avec un sourire réservé – tout en se demandant comment elle allait survivre à ce supplice. Surtout avec cet homme à côté d'elle qui lui avait fait perdre l'esprit au point de l'embrasser sans réfléchir, alors que c'était la dernière chose à faire.

À quoi avait-elle pensé ? se demanda-t-elle pour la centième fois tandis que la limousine gravissait la colline sur la route qui menait à Combe Manor.

Justement, c'était là le problème. Pour la première fois de son existence – une existence sage et conventionnelle, résolument intellectuelle – elle n'avait pensé à rien du tout, et elle en était mortifiée.

Elle s'était attendue à ce que Matteo se moque d'elle pendant le trajet. À ce qu'il enfonce le couteau dans la plaie, ou qu'il répète le scénario qui l'avait amenée à se conduire de façon insensée dans son bureau. Mais il s'était contenté de pianoter sur son ordinateur portable et de passer des appels professionnels dans cinq ou six langues étrangères.

Au lieu de se détendre puisqu'il ne lui prêtait aucune attention et qu'elle n'avait pas à riposter à ses attaques, elle s'était crispée.

Pour la première fois, elle avait l'impression de n'être qu'un simple pion.

Depuis la perte de Jeanette, elle était devenue une maniaque du contrôle – principale raison de sa réussite professionnelle. C'était toujours elle qui imposait sa volonté, toujours elle qui maîtrisait la situation. Maintenant que les rôles étaient inversés, elle ne savait pas quoi faire. Elle ne savait pas comment s'asseoir, comment se comporter, comment fonctionner quand c'était Matteo Combe qui tirait les ficelles. Elle n'avait pas appris à danser comme une marionnette, et elle n'était pas sûre de vouloir commencer.

La nuit était humide et sombre quand ils descendirent de voiture. Le ciel était sans étoiles, comme pour lui rappeler le châtiment qui l'attendait derrière ces sinistres murs de pierre grise. Et quand Matteo poussa la lourde porte d'entrée, elle prit une grande bouffée d'air froid qui la glaça jusqu'aux os.

— Bienvenue à Combe Manor, dit-il avec désinvolture, en la précédant dans le vaste hall. De mémoire d'homme, personne n'a jamais été heureux ici, mais qui sait ? Peut-être serez-vous la première ?

Elle lui glissa un coup d'œil, ne sachant que répondre.

Elle ne savait que faire d'elle ni de cet homme dangereux qui lui avait déjà montré les dents.

— Il serait souhaitable que vous définissiez les termes de notre arrangement.

Les lèvres de Matteo s'incurvèrent sur un sourire sardonique.

— Chaque chose en son temps, Sarina, répondit-il d'un ton presque enjoué, une étincelle moqueuse dans ses prunelles d'acier. Profitez donc un peu de ce sentiment d'appréhension que vous savez si bien inspirer aux autres. C'est une de vos armes préférées, non ?

Le voyant faire un signe de tête, elle ne comprit qu'au bout de quelques secondes qu'il s'adressait à quelqu'un dans son dos.

Une employée de maison. Matteo Combe disposait bien entendu d'une armée de serviteurs.

— Angela va vous montrer votre chambre. Je vous verrai demain matin à la première heure. J'espère que vous allez passer une nuit blanche à méditer sur vos péchés en contemplant le plafond…

Elle ouvrit la bouche pour riposter, mais elle se ravisa et tint sa langue.

— Voyez-vous ça, observa Matteo avec cette sorte de douceur dans la voix qui la chavirait et la terrifiait tout à la fois. C'est bien. Vous apprenez vite.

Après quoi, il agita la main comme un roi congédiant son valet, et elle n'eut d'autre choix que de suivre l'employée muette et antipathique à travers l'immense demeure dont les murs renvoyaient l'écho lugubre de leurs pas.

Chaque parole de Matteo résonnait comme une menace qui enflait en elle, bloquait l'air dans sa gorge, l'empêchait de respirer. C'était le but, sans doute. Mais elle mourrait plutôt que de lui montrer à quel point elle était affectée. Elle-même avait du mal à l'admettre.

La dénommée Angela ouvrit une porte et s'effaça pour la laisser entrer dans une vaste chambre dont les fenêtres donnaient sur l'arrière du château. Il n'y avait pas la moindre lumière indiquant la présence d'habitations dans le vallon en contrebas. Peut-être verrait-elle la lande, demain matin. Mais ce soir, elle ne voyait que son reflet dans les vitres.

Et la dernière personne qu'elle voulait voir, c'était elle.

Elle tira étroitement les rideaux puis alla prendre une douche, laissant l'eau chaude ruisseler longuement sur son corps dans l'espoir d'apaiser son anxiété. En vain. Elle s'allongea dans le lit à colonnes collé contre l'un des murs de la chambre, éteignit les lampes et resta là, couchée sur le dos, à contempler le plafond – exactement comme l'avait prédit Matteo – en se demandant comment tout ceci était arrivé. Pas seulement ce qu'il s'était passé dans le bureau de Matteo et l'effet dévastateur qu'il exerçait sur elle. Mais aussi sur tout le reste. Sur sa vie. Sur la femme qu'elle était.

Comment avait-elle atterri dans ce château lugubre,

plus ou moins prisonnière d'un homme qu'elle haïssait par principe avant qu'il ne la piège en la prenant à son propre jeu ?

« Tu sais très bien comment », lui susurra cette petite voix qui commençait à l'horripiler autant que Matteo Combe.

En fait, elle avait débuté avec les meilleures intentions du monde. D'une certaine façon, son travail lui avait permis de faire le deuil de Jeanette, et elle croyait sincèrement que ce qu'elle faisait était juste et bien. Elle avait toujours mis un point d'honneur à se montrer impartiale. La preuve, elle s'était parfois opposée à des conseils d'administration quand elle découvrait qu'ils ciblaient injustement un de leurs dirigeants, généralement parce qu'un des membres convoitait le poste. Mais quand c'était nécessaire, elle n'hésitait pas à débarrasser le monde des brutes narcissiques et cruelles uniquement sensibles aux résultats financiers.

La démarche initiale était honnête, mais quelque part en chemin, ça lui faisait mal de l'admettre, elle avait franchi une ligne rouge et basculé dans le camp adverse. Le camp de ceux qui abusent de leur pouvoir.

Et il fallait que ce soit Matteo Combe qui lui en ait fait prendre conscience.

Toute la nuit, elle se tourna et se retourna sans parvenir à trouver le sommeil. L'aube non plus ne lui apporta pas de repos. Elle avait les yeux fatigués et les nerfs à vif après avoir passé des heures à réexaminer de façon obsessionnelle chaque cas qu'elle avait expertisé.

Les hommes qu'elle avait contribué à faire tomber de leur piédestal avaient tous été des salauds notoires. Pour autant, ça ne faisait pas d'elle la justice incarnée. Ses motivations n'étaient peut-être pas si nobles qu'elle voulait bien le dire. Parce que, si elle s'était montrée vraiment juste avec Matteo Combe – disons, si elle avait réellement essayé de le comprendre au lieu de tout faire pour le pousser dans le précipice —, elle n'en serait pas là, seule face à elle-même, à affronter son propre jugement.

Elle se leva, le corps douloureux, et s'habilla. Quand elle sortit de sa chambre, une nouvelle employée de maison l'attendait devant la porte.

— Monsieur Combe aimerait vous voir. Maintenant.

Sarina essaya de lui répondre par un sourire, mais elle avait l'impression de porter un masque. Ses lèvres n'obéissaient plus aux ordres envoyés par son cerveau.

Elle avait enfilé la tenue qu'elle gardait habituellement pour le soir quand elle regagnait enfin sa chambre d'hôtel : un chandail fluide sur un pantalon de sport. Elle n'avait pas non plus pris la peine de rassembler en chignon ses cheveux qui flottaient librement sur ses épaules Elle songea une seconde à se changer pour avoir l'air plus professionnel, mais elle se ravisa.

Au point où elle en était, c'était inutile. Matteo avait toutes les cartes en main.

Pour le moment.

Elle suivit l'employée le long du couloir, puis dans le grand escalier.

La demeure silencieuse était peuplée d'ombres projetées par les statues et le mobilier massif. Elle en était à se demander si ce château n'était pas une sorte de mausolée à la mémoire des défunts jusqu'à ce qu'elle entre dans un petit salon étonnamment lumineux, avec une vue à couper le souffle sur la lande par-delà les hautes fenêtres.

Surprise, elle parcourut des yeux les étendues de bruyère et de genêt parsemées de rochers, la brume légère qui flottait au-dessus d'un étang. Mais cet instant de contemplation fut de courte durée.

— Vous avez l'air suffisamment torturée, dit Matteo, moqueur, assis à la table du petit déjeuner, ses yeux gris étincelant déjà des victoires qu'il se réservait. Je m'attendais presque à vous voir entrer dans cette pièce en traînant une croix derrière vous.

« Il y en a déjà pas mal sur les tableaux atroces qui encombrent vos murs », faillit-elle rétorquer.

Mais elle se tut. L'ancienne Sarina avait fait place à une nouvelle Sarina, plus prudente. Plantée devant Matteo, elle s'obligea à ployer le cou et à croiser les mains devant elle d'un air modeste et réservé comme si elle attendait ses ordres.

— Vous n'avez pas l'air dans votre assiette. Vous êtes souffrante ?

Le ton était cassant, mais si elle ne s'y trompa pas, il y avait une lueur amusée au coin du regard gris, autoritaire.

— Je vais très bien, monsieur Combe.

Ensuite – peut-être parce qu'il n'existait qu'une seule Sarina et que c'était plus fort qu'elle – elle sourit, provocante.

— En fait, il y a longtemps que je n'avais pas si bien dormi.

Les prunelles grises riaient à présent, mais la bouche de Matteo restait sévère.

— Ravi de l'apprendre. Le château n'est pas réputé pour son hospitalité, encore moins pour son confort. Une fois de plus, vous défiez mes attentes.

Il ne l'avait toujours pas invitée à s'assoir.

En temps normal, elle n'aurait pas patienté davantage. Elle aurait tiré une chaise, se serait installée à table et se serait servi un café – ce dont elle avait grand besoin. Mais, là encore, elle s'abstint, persuadée qu'il s'agissait d'un test spécialement conçu pour la mettre en échec.

Aussi resta-t-elle plantée où elle était, tout en s'efforçant d'avoir l'air à l'aise.

— Je croyais que ce genre de demeure était le must du confort et de l'hospitalité, dit-elle en plaquant un sourire faussement intéressé sur ses lèvres.

— C'est tout à fait américain comme idée, commenta Matteo en repliant le journal qu'il était en train de lire. Un tas de pierres comme Combe Manor n'a pas été bâti pour le confort ni l'hospitalité. C'est un monument à la gloire de l'ambition pure et dure. Chaque pierre représente un morceau d'âme humaine donné ou échangé par un de mes ancêtres. Il n'y a qu'un seul chemin pour s'élever de la condition d'ouvrier à une fortune comme celle-ci, et ce chemin n'est pas joli joli. Combe Manor procure des cauchemars, pas de beaux rêves.

— Pourquoi y venez-vous, si vous ne l'aimez pas ?

— Parce que c'est chez moi, Sarina. Que ça me plaise ou non.

Il la dévisagea puis, d'un hochement de tête, lui désigna la chaise face à lui. Elle s'assit et réprima un soupir de reconnaissance quand il lui servit une tasse de café.

Il agissait ainsi uniquement pour la désarmer et tromper sa vigilance, elle le savait. Mais elle s'en fichait, du moment qu'elle pouvait enfin prendre sa dose de caféine – une dose vitale après cette nuit blanche.

— Hier soir, vous vouliez connaître les termes de notre arrangement, dit-il alors qu'elle sirotait une gorgée du délicieux breuvage. C'est très simple : vous devez convaincre les membres du conseil d'administration que mon comportement est irréprochable. Vous devez leur fournir un rapport d'expertise prouvant que je ne suis pas seulement le meilleur P-DG que Combe Industries ait jamais eu à sa tête, mais que je suis aussi le meilleur des hommes.

Elle prit une autre gorgée de café, le temps de rassembler ses esprits.

— Vous croyez que ça sera crédible ?

— Si ça ne l'est pas, nous serons deux à perdre notre job. J'imagine que la vidéo fera le buzz dans les médias, ajouta Matteo, au cas où elle aurait été tentée d'oublier où elle était et pourquoi.

— Merci pour cette précision. Je n'ai pas oublié que vous me faites chanter.

— Je préfère le voir comme une incitation à bien faire.

— Dans ce scénario, « bien faire » consiste à pervertir ma façon de procéder pour obtenir le résultat que vous souhaitez.

— Vous n'allez tout de même pas me faire croire que vous êtes venue à notre premier entretien sans feuille de route préétablie ? Comment pourrais-je pervertir un procédé déjà biaisé au départ ?

La douceur dans la voix de Matteo ne faisait qu'enfoncer plus profondément le couteau dans la plaie.

Elle éluda la question.

— Voilà comment je procède : l'expertise dure normalement de quatre à six semaines. Je m'entretiens avec le sujet aussi souvent que nécessaire. Après chaque séance, je fais le point avec mon client en expliquant comment s'est passé l'entretien.

— Avez-vous fait le point avec le conseil d'administration suite à notre entretien d'hier ?

Elle ne voulait pas penser à ce maudit entretien, encore moins en parler. Malheureusement, là aussi, ça ne dépendait plus d'elle.

Nerveuse, elle cala une mèche derrière son oreille.

— Non.

Matteo se frotta le menton tout en la jaugeant du regard. Puis il pencha la tête sur son épaule.

— Alors, faites-le. Maintenant.

C'était un ordre, même si la voix était de velours.

— Et mettez le haut-parleur. Je veux entendre tout ce qui se dit.

Elle ne s'était pas attendue à cela. Elle réprima une envie de pleurer. Elle se sentait sur le point de craquer comme elle l'avait fait après la mort de Jeanette. Qu'est-ce qui ne tournait pas rond chez elle ? Elle aurait dû. Cet homme avait le don de la prendre au dépourvu et de bousculer ses repères. Le pire dans cette histoire, ce n'était pas tant le chantage que le chaos d'émotions qu'il libérait en elle : les regrets, la détresse, l'impuissance. Des émotions qu'elle était certaine d'avoir enfermées à double tour pour toujours. Elle croyait les avoir excisées, et elles étaient de retour. Comme si elles avaient attendu tout ce temps, tapies dans quelque recoin obscur de son esprit.

— Très bien, dit-elle posément, malgré la boule dans sa gorge. Si vous insistez.

— J'insiste.

Elle essaya d'afficher une expression impassible sans y réussir vraiment. Le regard gris fixé sur elle était trop intense. Trop sombre et résolu. Et elle n'avait d'autre choix que de faire ce qu'il lui ordonnait et sortir son téléphone portable de sa poche de pantalon.

Elle avait l'étrange impression qu'une autre version d'elle-même s'était échappée de son corps. Sauf que les deux versions étaient piégées dans cette demeure sinistre avec ce type diabolique. Elle fit défiler ses contacts, sélectionna le nom du président du conseil d'administration de Combe Industries et enfonça la touche d'appel.

En attendant que son correspondant décroche, elle contempla le visage de son adversaire baigné par les premiers rayons de soleil. C'était la première fois qu'elle le voyait à la lumière naturelle. Pas de pluie, de nuage ou de ciel orageux pour altérer ses traits.

Matteo Combe était vraiment très beau. Il portait une chemise bleue qui rehaussait son teint mat et l'éclat de son regard d'acier.

Elle serra les dents en entendant son correspondant décrocher.

— Haut-parleur, chuchota Matteo en tapant l'index sur

la table pour indiquer qu'il tenait absolument à entendre ce qui se dirait des deux côtés.

Elle s'exécuta. Que pouvait-elle faire d'autre ? Elle enfonça la touche haut-parleur et posa le téléphone entre eux sur la table.

— J'espère que vous m'apportez de bonnes nouvelles, retentit la voix de Roderick Sainsworth.

L'homme avait été le meilleur ami d'Eddie Combe et fait figure d'oncle auprès de Matteo et de Pia. Mais avec la disparition d'Eddie et l'écart de conduite de Matteo à l'occasion des funérailles paternelles, il avait enfin une chance de prendre les rênes de l'empire industriel qu'il convoitait depuis des lustres. Elle connaissait bien ce genre d'individu. S'il continuait comme ça, il serait le prochain sur sa liste.

Tout ce qu'elle faisait, c'était jouer à chasse-taupe avec des sociopathes, ricana sa conscience. C'était quoi le but ?

L'heure n'était pas à l'introspection.

— Hier soir, j'ai rendu une visite surprise à M. Combe, commença-t-elle avec son ton de clinicienne – un ton qui, ce matin, lui semblait soudain assommant au possible. Ces visites à l'improviste font partie du processus d'expertise. Le sujet n'étant pas prévenu, il perd la maîtrise de la situation. Généralement, je m'arrange pour que ça se passe dans un lieu où il se sent intouchable, en parfaite sécurité. Si bien que cette perte de contrôle est plus ou moins ressentie comme une atteinte personnelle. Cette méthode permet très souvent de déceler le véritable caractère d'un individu.

De l'autre côté de la table, les yeux de Matteo étincelaient, lui promettant un châtiment à couper le souffle – à supposer qu'elle puisse encore respirer pour voir la différence.

— C'est bon, j'ai compris, s'impatienta Roderick

Sainsworth. Je me souviens de votre argumentaire de vente.

— M. Combe a d'abord réagi comme je m'y attendais, poursuivit Sarina, incapable de détourner les yeux de Matteo, comme s'il la tenait à la gorge d'une main de fer. Au début, il était sur la défensive, mais ensuite, à ma grande surprise, il a changé de cap.

Il y eut un silence au bout du fil.

— Pardon ?

— En fait, M. Combe s'est montré plutôt souple, répondit lentement Sarina comme si elle réfléchissait au problème.

Comme si l'homme en question ne la fusillait pas du regard de l'autre côté de la table, au cœur d'un château isolé digne d'un film d'horreur.

— Vous le savez certainement, monsieur Sainsworth, il existe deux catégories d'hommes. Ceux qui atteignent de hautes fonctions par la brutalité et l'intimidation. Et ceux qui y accèdent grâce à une certaine forme de souplesse qui se traduit par leur capacité à changer de cap pour s'adapter aux circonstances. À priori, M. Combe appartiendrait à cette dernière catégorie.

— Si vous parlez de sa capacité à transformer un enterrement en combat de rue qui fait la une de la presse à scandale, peut-être, ironisa Sainsworth. Écoutez, docteur Fellows, on ne vous paie pas pour laisser ce garçon vous mettre la tête à l'envers.

Elle dévisagea Matteo, cherchant un signe indiquant qu'il était fou de rage. Parce qu'il l'était forcément. Il ne pouvait pas en être autrement. Mais il gardait un visage de marbre, semblable à celui de ces ancêtres sculptés dans la pierre.

— Je croyais que vous aviez besoin de mes services pour examiner la personnalité de votre P-DG, répliqua fraîchement Sarina, qui n'était malheureusement pas de pierre. Si vos exigences ont changé, monsieur Sainsworth, prévenez-moi. Mais que ce soit bien clair entre nous : une expertise est une expertise. Personne ne me met la tête à l'envers. Ni M. Combe ni vous.

Son interlocuteur se récria, prétextant qu'elle l'avait mal compris, et elle conclut en présentant un profil nuancé de Matteo. Plutôt flatteur, en fin de compte.

Quand elle eut raccroché, Matteo hocha la tête avec un sourire qui n'atteignit pas ses yeux.

— Bien joué, docteur Fellows. On peut supposer que, avec le temps, vous deviendrez de plus en plus… enthousiaste.

Ce dernier mot claqua aussi violemment qu'une gifle, la renvoyant aussitôt dans le bureau de Matteo quand elle s'était abandonnée à son baiser. Elle sentit ses joues s'embraser.

— Concernant ma parfaite aptitude au poste de P-DG, naturellement, précisa Matteo, comme s'il venait seulement d'intercepter ses pensées.

— Il faudra prévoir un entretien supplémentaire, déclara-t-elle en luttant de son mieux contre la rougeur qui envahissait ses joues. J'ai l'habitude de présenter un rapport préliminaire au bout de trois séances. Si les conclusions préconisent que le sujet soit démis de ses fonctions, une nouvelle série d'entretiens est réalisée pour s'en assurer.

Matteo la dévisagea jusqu'à ce qu'elle cille.

— Par simple curiosité, vous arrive-t-il de conclure dès le rapport préliminaire que le sujet est parfaitement apte à remplir ses fonctions de dirigeant, ou bien tombez-vous toujours sur des gars coupables d'abus de pouvoir ?

— Quand un homme est coupable, il l'est, un point c'est tout, répondit-elle aussi calmement que possible, alors même qu'elle avait l'impression que l'étau sur sa gorge se resserrait. Je n'y suis pour rien.

— Facile à dire, pour une femme qui gagne sa vie sur le dos de cette culpabilité.

Elle ne releva pas le gant. Autant chercher à endiguer un raz-de-marée. Au lieu de ça, elle prit le temps de se resservir un café. Puis, s'adossant au dossier rigide de sa chaise, elle s'obligea à croiser le regard gris, froid et assuré.

— Qu'attendez-vous exactement de moi, monsieur Combe ?

— Matteo, s'il vous plaît.

— Matteo…

Ce prénom sur ses lèvres sonnait comme une capitulation, qu'elle s'efforça d'ignorer de la même façon que tout le reste.

— Vous avez obtenu ce que vous voulez. Vous êtes maître du jeu. Dans quelques jours, je transmettrai les résultats de notre troisième et dernier entretien en chantant vos louanges, et nous pourrons reprendre chacun notre route. Ça ne vous suffit pas ?

— Si, bien sûr. Mais il va nous falloir passer le temps d'ici là, répondit Matteo au bout d'un long silence éprouvant pour les nerfs de Sarina. Or, j'ai très envie de vous comprendre. Pendant que vous dormiez à poings fermés la nuit dernière…

Le regard qu'il lui décocha laissait entendre qu'il savait parfaitement qu'elle n'avait pas fermé l'œil.

— Je me suis renseigné sur vous. Sarina Fellows, l'ange exterminateur, le médecin qui consacre sa vie non pas à soulager son prochain mais à choisir des cibles pour les descendre l'une après l'autre.

— Il ne s'agit pas de cibles, protesta-t-elle tout en s'exhortant à garder son sang-froid. Et je ne descends que ceux qui le méritent. Dans un sens, je rends service à tous ceux qui n'ont rien à se reprocher.

— C'est ce que vous vous racontez. Ce que je veux savoir, c'est *pourquoi* ?

Elle baissa les yeux sur la tasse de café qu'elle serrait entre ses mains.

— Parce que c'est juste…

Cet interrogatoire était insupportable, mais elle n'avait d'autre choix que de s'y plier. À cause de cette maudite vidéo, elle était coincée ici, loin de tout, à la merci du bon vouloir de Matteo Combe. Et elle ne pouvait s'en prendre qu'à elle-même parce que c'était elle qui lui avait permis de s'emparer du contrôle de la situation à la seconde où elle avait perdu la tête et posé la main sur son torse.

Alors, s'il avait décidé de la faire parler d'elle – ce qu'elle avait toujours pris soin d'éviter – elle ne pouvait faire autrement que de s'y plier.

Mais les mots restaient coincés dans sa gorge.

Comment lui faire comprendre ce que Jeanette avait représenté pour elle ? Leur amitié avait débuté alors qu'elles étaient encore en poussette, grandissant dans la solitude de l'enfant unique livré à la sollicitude de nounous tandis que leurs parents se consacraient à leur vie professionnelle. Ceux de Sarina quittaient rarement l'université et ceux de Jeanette quittaient rarement leurs cabinets médicaux respectifs.

Elles avaient très vite appris à se débrouiller seules. Négligées par leurs parents, chacune était devenue la famille de l'autre. Elles se suffisaient à elles-mêmes. Leurs parents étaient accessoires, de simples notes de bas de page.

A dix ans, elles étaient devenues sœurs de sang. Les cicatrices sur leurs paumes en étaient le témoignage. Elle ne souvenait comme si c'était la veille de ce fameux après-midi chez Jeanette, dans le grenier avec un petit couteau pointu, et de leurs rires tandis qu'elles déchiraient un vieux T-shirt pour s'en faire des bandages.

Comment expliquer à Matteo ce lien si fort entre deux fillettes affamées de tendresse ?

Surtout quand il l'observait ainsi, comme si elle était une bête curieuse.

— Et bien entendu, vous êtes certaine que votre façon de voir les choses est la seule qui soit juste.

Son ton était presque amusé, et sa voix s'enroulait autour d'elle. Trop chaude. Trop intense. Dangereuse.

Il voulait la faire passer pour la méchante. Ce qu'elle n'était pas. Elle ne l'avait jamais été. Tous les hommes de pouvoir ne méritaient pas d'être poussés dehors, mais sans une vigilance de tous les instants, certains étaient susceptibles de se transformer en monstre. Elle était là pour assurer cette vigilance et se débarrasser des monstres avant qu'ils ne causent trop de dégâts.

Alors, même si c'était utile de revoir ses motivations, elle ne devait en aucun cas se sentir coupable.

— Il ne s'agit pas de ma façon de voir les choses, mais de faits avérés, répondit-elle avec vivacité, dans un retour du feu sacré qui l'avait animée pendant toutes ces années.

— Je comprends, commenta Matteo presque gentiment.

Elle sentit alors le piège se refermer sur elle. Elle ne savait pas d'où allait venir le coup, mais elle le sentait tout proche.

Ce que vint confirmer le sourire de son adversaire.

— Dites-moi… Si nous parlions un peu de Jeanette ?

6.

Matteo vit Sarina vaciller comme s'il l'avait frappée. Ce n'était pas son intention, si bien que sa réaction le mit mal à l'aise. Il y avait quelque chose en elle qui le touchait. Quelque chose en rapport avec cet étrange pincement qu'il éprouvait dans la poitrine et qu'il préférait ignorer.

— Jeanette Maroney habitait la maison voisine quand vous étiez enfants, continua-t-il comme si de rien n'était. Il semble que vous soyez très tôt devenues amies, non ?

Face à lui, Sarina s'était figée, le visage blême.

— Sœurs, rectifia-t-elle.

Sa voix avait résonné enrouée dans le petit salon, la seule pièce qui soit vivable dans cette demeure sombre et étouffante.

— Je ne vous suis pas, Sarina.

Elle baissa la tête et s'éclaircit la gorge. Quand elle releva les yeux sur lui, il y lut une lueur de défi.

— Jeanette était bien plus qu'une amie. En ce qui me concerne, nous étions sœurs. Elle était *ma* famille.

— Ça vous intéresse de savoir ce que j'ai découvert à son sujet ?

La question était cruelle, il en était conscient. Mais il était aussi conscient que Sarina aurait été sans pitié avec lui si elle était restée maîtresse du jeu. Elle serait repartie avec sa tête sur un plateau. Il n'avait donc aucune raison de prendre des gants avec elle. Et cette sorte de désarroi qu'il lisait sur son visage ne devait pas le toucher.

— Je sais déjà tout ce qu'il y a à savoir sur Jeanette, répondit-elle au bout d'un moment. Je doute que vos petites recherches sur Internet m'apprennent quoi que ce soit de nouveau.

La tension était perceptible dans sa voix, visible dans la façon dont elle était assise face à lui, raide comme la justice.

Il choisit d'ignorer le léger tremblement de ses lèvres qui trahissait sa colère. Tout comme il préférait oublier l'excitation éprouvée quand il était tombé sur d'anciennes photos de Sarina Fellows, étudiante. Des photos qui l'avaient conduit à découvrir la fin tragique de Jeanette Maroney, dont le corps sans vie avait été retrouvé par sa meilleure amie.

— En tout cas, ça m'a permis de comprendre vos motivations, dit-il presque nonchalamment. La raison pour laquelle vous passez votre vie dans des chambres d'hôtel à réfléchir à la meilleure façon de démolir la cible du moment.

Sarina soutint son regard une seconde avant d'éclater de rire.

C'était le premier signe de vie qu'elle donnait depuis qu'elle était entrée dans la pièce, l'air quasi soumis. Et cela lui fit l'effet d'une décharge électrique. Le rire de Sarina s'insinua en lui, brûlant, ensorcelant.

Espèce d'idiot ! Comment avait-il pu vouloir la soumettre ? Il la préférait ainsi, vive et imprévisible. Imprudente et flamboyante.

— Vous devriez voir votre tête, ironisa Sarina. Vous croyez m'avoir comprise, n'est-ce pas ? Jeanette est morte, et boom ! C'est la révélation. Vous avez mon profil psychologique tout tracé, vous tenez ma motivation.

— Un simple oui ou non suffirait, répliqua-t-il.

Le rire de Sarina fusa de nouveau, chamboulant en lui quelque chose de profond.

— Vous ne savez *rien* de Jeanette ! Elle était bien plus que deux dates sur une pierre tombale, lui lança-t-elle, les yeux un peu trop brillants. Elle racontait des blagues nulles, elle était futée et naïve en même temps. Elle était toujours en retard. Même quand on lui donnait rendez-vous avant l'heure prévue, elle trouvait le moyen d'arriver en retard.

Elle marqua une pause, le regard perdu dans le lointain.

— Jeanette avait un cœur d'or, elle était gentille avec tout le monde. Ce qui ne veut pas dire que c'était une sainte. Au contraire, elle avait un sex-appeal d'enfer, les garçons tournaient autour d'elle comme des mouches. Mais son côté fleur bleue la poussait à collectionner les liaisons calamiteuses. Elle n'a pas vécu assez longtemps pour apprendre à se méfier des gars qui ne pensent qu'à leur propre satisfaction.

Il éprouva un brusque sentiment de honte.

— Sarina…

Celle-ci ne l'entendit pas ou fit comme si.

— Quand elle m'a parlé du nouvel homme de sa vie, on aurait dit qu'elle venait de rencontrer le prince charmant. C'était ainsi qu'elle le voyait, il lui faisait tourner la tête. Il l'emmenait dîner dans les meilleurs restaurants, lui offrait des voyages, la couvrait de cadeaux, la traitait comme une princesse. Elle avait l'impression d'être unique à ses yeux.

Sarina sourit, mais il y avait des larmes contenues dans sa voix.

— Mais contrairement à ce qu'il se passe dans les contes de fées, quand elle est tombée enceinte, il n'y a plus eu de dîners, de voyages ni de cadeaux. Seulement l'envoi d'un chèque pour couvrir les frais d'un avortement. Et le prince charmant n'a plus répondu à ses appels téléphoniques.

— Je suppose qu'il était marié ?

— Oh ! pour ça, oui ! Il avait déjà trois ex-femmes. Cela dit, il n'a jamais envisagé Jeanette dans ce rôle. Et n'essayez pas de défendre sa cause, ajouta Sarina avec virulence, comme s'il venait de soutenir que le statut marital du gars excusait son attitude. Je peux comprendre qu'un homme ne veuille pas être père, encore moins quand il est confronté à une grossesse non désirée. Pour autant, ça ne l'autorise pas à se conduire comme le pire des salauds.

Elle inspira profondément pour se calmer.

Il aurait voulu lui dire de se taire, qu'il n'avait pas besoin d'en savoir plus. Mais il resta silencieux. Sans doute parce qu'il savait qu'elle n'obéirait pas. Ou plus simplement, parce que la suite de cette histoire tragique lui permettrait peut-être de connaître la véritable Sarina Fellows.

Redressant les épaules, elle le regarda droit dans les yeux.

— Pour finir, reprit-elle, comme Jeanette refusait de se débarrasser du bébé, il a fait mine de céder. Il l'a emmenée dîner, il lui a fait l'amour toute la nuit en lui disant ce qu'elle rêvait d'entendre…

Sa voix se brisa légèrement.

— Qu'il désirait cet enfant. Alors, bien sûr, elle a cru avoir reconquis son cœur. Mais à l'aube, quand de violentes crampes l'ont réveillée, elle était seule dans leur chambre d'hôtel, et les draps étaient maculés de sang.

Sarina se versa une autre tasse de café. Elle en sirota une gorgée et la reposa. Ses gestes étaient raides, saccadés. Comme ceux d'un robot. Sauf que la tempête dans ses yeux prouvait qu'elle n'avait rien d'une machine.

Il voulait savoir qui était Sarina Fellows, lui rappela durement sa conscience. Maintenant, il savait.

— Jeanette n'a pas compris tout de suite. Affolée, elle a appelé son prince charmant pour lui dire qu'elle était en train de perdre leur bébé. Et savez-vous quelle a été la réaction de ce salaud ?

Il le devinait, mais il resta silencieux, incapable de prononcer un mot.

— Il lui a ri au nez.

— Sarina…

Elle leva la main pour le faire taire.

— Il lui a ri au nez, l'a traitée d'idiote et lui a expliqué ce qu'il avait versé en douce dans son verre la veille. Alors, elle m'a appelée…

Matteo sentait la honte enfler en lui. Il avait obligé Sarina à raconter cette histoire tragique. Peut-être n'était-il pas si différent du salaud dont elle parlait ?

Le regard de Sarina était rivé au sien, étincelant de chagrin et de rage.

— Je suis allée la chercher à l'hôtel et je l'ai ramenée chez nous, reprit Sarina, un pli amer autour de la bouche. Le soir, je l'ai trouvée dans la baignoire. Elle avait vidé les boîtes de cachets de l'armoire à pharmacie, et pour être sûre de ne pas se rater, elle s'était ouvert les poignets avec une lame de rasoir.

Un silence de plomb s'abattit entre eux, comme un rideau de fer qui s'abaisse, et Matteo n'entendit plus que les battements de son propre cœur.

Un cœur qui cognait fort, exigeant de savoir quelle sorte d'homme il était devenu pour forcer cette femme à lui raconter cette histoire atroce. Comment avait-il pu se réjouir de posséder une telle arme ? Depuis quand se comportait-il comme son père ? Il avait respecté Eddy Combe, il l'avait même admiré pour son sens des affaires. Mais jamais il n'avait cautionné sa brutalité ni souhaité lui ressembler…

Il réprima un soupir excédé.

Ce n'était pas le moment de se torturer avec ça. Pas sous le regard de cette femme dont l'expression reflétait à présent tout ce qu'elle avait perdu.

— Alors, oui, reprit-elle, des larmes dans la voix, je reconnais que j'avais une dent contre ce salaud qui a tué mon amie… Ma sœur. Curieusement, pendant que je me consacrais à sa chute, j'ai croisé d'autres gars de son espèce, et je me suis dit que je pourrais rendre service au monde en les empêchant d'abuser de leur pouvoir pour faire du mal autour d'eux. Ce que beaucoup s'autorisent, vous le savez très bien.

Elle n'avait pas dit « ce que vous faites aussi », mais c'était tout comme. Et il l'entendit comme une preuve supplémentaire de son héritage paternel.

— C'est une histoire épouvantable, réussit-il à proférer d'un ton aussi détaché que possible. Je m'excuse de l'avoir remise sur le tapis.

— Inutile de vous excuser, martela Sarina.

Il la regarda se lever avec une grâce éthérée qui ne fit que renforcer sa honte, lui qui s'était juré de ne jamais, *jamais* ressembler à son père.

Elle plongea son regard dans le sien.

— J'assume l'entière responsabilité de mes actes, monsieur Combe. Si vous voulez vous venger, allez-y, faites-vous plaisir. Mais laissez Jeanette en dehors de ça.

— Je ne comprends pas, monsieur. Vous pensiez gagner la partie et punir le Dr Fellows en lui offrant un séjour rafraîchissant dans ce coin sinistre du Yorkshire…

Même si la voix de son assistante restait parfaitement neutre, fidèle à son habitude, Matteo visualisait son expression dubitative aussi clairement que si elle s'était tenue face à lui dans la bibliothèque de Combe Manor, au lieu de monter la garde dans les bureaux londoniens de la compagnie avec son efficacité coutumière.

— Ne vous en faites pas pour ça, Lauren, je m'occupe de la psy. J'ai besoin de vous pour autre chose.

— S'il s'agit de gérer le bureau en votre absence, pas de souci, monsieur. Tout fonctionne à merveille.

— Je n'en doute pas. Il s'agit de quelque chose d'un petit peu différent.

Il venait de vivre une journée étrange. Il s'était levé de bonne heure, prêt à démolir Sarina Fellows, mais rien ne s'était passé comme prévu. Il l'avait bousculée, et elle lui en avait raconté plus qu'il n'en demandait sur son amie disparue, et sur elle-même par la même occasion. Après quoi, il s'était retrouvé seul à s'interroger sur l'homme qu'il était.

Il avait tout appris de son père, cet homme impressionnant, véritable force de la nature, fougueux et pugnace. Aujourd'hui encore, il avait du mal à croire qu'un truc aussi banal qu'une crise cardiaque ait pu emporter Eddie Combe. Quand il s'imaginait la mort de ce dernier – ce qui lui était arrivé plus d'une fois en pleine révolte adolescente —, il voyait le doigt de Dieu pointé sur Combe Manor, déclenchant un ouragan qui abattrait ce tas de vieilles pierres sur ses occupants. Mais à la place du doigt divin, c'étaient le manque de sport et une alimentation trop riche qui avaient eu raison d'Eddie, comme de n'importe quel autre mortel.

Matteo en avait tiré les leçons. Il faisait du sport chaque jour et surveillait son alimentation. De la même façon, en affaires, au lieu d'appliquer la méthode paternelle – une poignée de main un jour, un coup de matraque le lendemain —, il s'appuyait sur la logique et sur le pragmatisme développé au cours de ses études supérieures à Cambridge et dans les différents postes occupés chez Combe Industries. Il connaissait de l'intérieur l'empire industriel dont il avait hérité – les employés et leurs fonctions —, contrairement à Eddie qui avait régné en monarque absolu, donnant des ordres et ne se fiant qu'à son instinct pour fixer de nouvelles règles sur un simple coup de tête.

Matteo avait admiré la toute-puissance paternelle autant qu'il l'avait détestée – une excellente façon de décrire sa relation avec son père. Mais ce matin, dans cette demeure où des générations de Combe avant lui avaient sévi, tyrannisant leurs domestiques et leur entourage, il avait compris que, en dépit de tous ses efforts, il n'était guère différent de ses ancêtres.

S'il n'avait pas frappé Sarina avec ses poings, il l'avait frappée émotionnellement. Il avait voulu l'écraser, la soumettre à sa volonté. Le désir de vengeance l'avait consumé depuis leur premier entretien, quand elle avait osé lui imposer sa loi. C'était cela qui l'avait poussé à la tourmenter avec le suicide de son amie, exactement comme son père l'aurait fait, sans état d'âme ni compassion. Mais la satisfaction s'était transformée en honte. Incapable de regarder plus longtemps Sarina en face, il avait été le premier à quitter la pièce.

Difficile cependant de fuir sa propre image. Surtout dans ce château hanté par des générations de drames et de discordes familiales. Ses ancêtres avaient cru que l'argent pouvait tout acheter, même le bonheur, et génération après génération, ils avaient appris qu'il n'en était rien. Ils avaient fait fortune, mais le bonheur était resté hors de portée.

La bibliothèque dans laquelle il avait installé son bureau en était le symbole. C'était une pièce magnifique, dotée de hautes fenêtres donnant sur la lande. Les étagères harmonieusement espacées étaient chargées de livres aux reliures de cuir ornées de dorures étincelantes. Excepté que ces livres étaient faux. Ce n'était qu'une façade. Ils étaient vides, leurs pages étaient blanches.

Geoffrey Combe, son arrière-arrière-grand-père, avait utilisé tous les subterfuges dans l'espoir de passer pour un homme instruit, ce qu'il n'était pas. Une malédiction familiale. L'argent n'avait jamais suffi à faire oublier la modestie de leurs origines.

De longues heures, il était resté assis là, le regard fixé sur ces livres en trompe-l'œil, mesurant peu à peu qu'il n'était guère différent. Il possédait les gènes des San Giacomo, bien sûr. Extérieurement, il leur ressemblait. Mais intérieurement, il était vide. C'était cette soudaine prise de conscience qui l'avait amené à décider qu'il était temps de faire ce que son père n'avait pas fait.

— Lauren, il y a dans le testament d'Eddie une disposition que je ne sais pas comment régler.

— Vous voulez que je la lise et que je vous dise ce que j'en pense ? proposa-t-elle avec son habituel pragmatisme, parce que c'était ce pour quoi elle était payée et parce qu'elle le connaissait mieux que personne.

— C'est un peu plus compliqué que ça. Il semble que ma mère a eu un fils avant d'épouser mon père et qu'elle lui a légué l'essentiel de sa fortune dans son testament.

— Pourquoi n'est il pas venu réclamer sa part ? s'enquit fort judicieusement Lauren d'une voix toujours aussi posée, sans manifester la moindre surprise.

— Pour deux raisons. La première, c'est que personne ne sait où le trouver. Aux dernières nouvelles, il vivrait quelque part dans une forêt .

— Une forêt, répéta lentement Lauren. Voilà qui réduit le champ des recherches. C'est tout ce que votre mère savait de lui ?

Il ne voulait pas parler de sa mère. Il n'en avait plus parlé depuis sa disparition brutale. Six semaines avant le décès de son époux, Alexandrina avait avalé un mélange de barbituriques et d'alcool. De façon purement accidentelle, avait-il été officiellement déclaré. Il n'avait pas cherché à en savoir davantage, de peur de ce qu'il découvrirait sur ses parents et sur lui-même s'il fouillait dans la vie ou la mort de sa mère.

— Deuxièmement, et c'est sans doute le plus important, reprit-il comme s'il n'avait pas entendu la question de son assistante, cette volonté de ma mère était entre les mains de mon père, mais je ne crois pas qu'il ait eu l'intention de l'honorer.

— Je vois, murmura Lauren.

Il ne tenait pas non plus à parler de son père, qui s'était toujours contenté d'écarter ce qui le dérangeait. Comme le fait que son épouse conquise de haute lutte avait connu un autre homme avant lui et conçu un fils.

— J'aimerais que vous le retrouviez. Par tous les moyens. C'est un San Giacomo, et c'est à lui de choisir s'il veut ou non continuer à vivre en ermite dans sa forêt.

Ce n'était pas à Eddie Combe d'en décider. Et lui, Matteo, il n'avait pas l'intention d'enterrer dans un recoin de son esprit l'existence de ce frère aîné.

Il reposa le téléphone nerveux, oppressé comme s'il était à l'étroit dans sa peau. Comme s'il n'était qu'un de ces livres vides à la reliure dorée. Une imposture. Un mensonge.

Et quand il releva les yeux, il ne fut pas surpris de voir Sarina sur le seuil de la bibliothèque – son ange exterminateur avec pour épée sa langue acérée. Une langue qu'il mourait d'envie de goûter à nouveau.

7.

Sarina n'avait pas changé de tenue. Et maintenant que Matteo ne pensait pas uniquement à la massacrer, il prit le temps de noter que le chandail et le pantalon qu'elle portait lui donnaient l'air plus sympathique que les stricts tailleurs noirs de leurs deux premiers entretiens officiels.

Ange exterminateur ou pas, il voulait croire qu'il avait sous les yeux la *vraie* Sarina. Elle avait l'air plus accessible. Moins lisse. Moins intimidante. Ses cheveux à nouveau tirés en un chignon souple sur sa nuque dégageaient son visage, soulignant sa pureté. Celle de son ossature, de ses sourcils droits, de ses pommettes hautes et de sa bouche souple.

Cette bouche dont il connaissait le goût, qu'il rêvait d'embrasser. Séparer ses lèvres, la sentir s'abandonner dans ses bras, la posséder…

Un courant de désir le transperça.

Sarina restait sur le seuil, visiblement sur la défensive, prête à détaler au moindre signe de sa part.

Il se leva.

— Qu'est-ce qui vous amène dans ma tanière ? Après notre échange de ce matin, je m'attendais à ce que vous filiez. Il y a une petite heure de marche jusqu'au village, une heure de plus jusqu'à York pour attraper un train. Vous seriez déjà à Londres.

Sarina esquissa un semblant de sourire, et aussitôt

il sentit son pouls s'accélérer et l'intensité de son désir grimper d'un cran.

Ce n'était pas bon du tout. Malheureusement, il n'y pouvait rien.

— Il en faut plus pour me faire fuir. L'histoire de ce qui est arrivé à Jeanette n'a rien de nouveau pour moi, dit-elle posément, son regard noir rivé sur lui. Je ne suis ni plus ni moins triste qu'à mon réveil.

— Tant mieux, s'entendit-il dire, surpris tant par sa propre voix éraillée que par cette réponse inappropriée.

Alors que le silence s'étirait, il s'aperçut que la lumière avait baissé. Les derniers rayons de soleil perçaient à l'horizon à travers les nuages, jetant des éclats d'or sur la lande.

Avec l'arrivée de la nuit, la bibliothèque se peuplait d'ombres. Celles de tous ceux qui avaient hanté ces lieux emplis de désolation, de colère et d'amertume. Des sentiments qui s'étaient accumulés en lui malgré des années d'efforts pour tenter d'affirmer sa différence. Regarder Sarina Fellows ne faisait qu'aggraver ce chaos d'émotions. Pourquoi ? Il n'en savait rien, mais il se surprit à frotter l'endroit de son torse où elle avait posé la main, comme pour chasser ce trop-plein d'émotions.

— Que vous est-il arrivé dans ce château ? questionna-t-elle.

À croire qu'elle s'était insinuée dans son cerveau.

— Je ne vois pas de quoi vous parlez.

Elle croisa les bras et le dévisagea.

— Bien sûr que si. Vous n'aimez pas cet endroit. Pourquoi ?

— Vous avez vu la cité ? répondit Matteo en tendant la main vers la fenêtre de son bureau qui donnait sur la vallée en contrebas. Des cheminées d'usine à perte de vue.

— J'ai cru comprendre que le problème, c'était le château, pas les usines.

— Contrairement aux apparences, le destin des occupants de Combe Manor est intimement lié à ces usines…

Il pencha la tête de côté.

— Puis-je savoir en quoi ce qu'il s'est passé ici vous intéresse ?

— Ce pourrait être un facteur essentiel de votre profil psychologique. Et plus vite je fournirai un troisième compte rendu d'entretien à votre conseil d'administration, plus vite nous pourrons repartir chacun de notre côté.

Sarina faisait mine de se préoccuper de ce qu'il voulait alors qu'en réalité, son seul souci, c'était de filer d'ici. Loin de lui. Et bizarrement, ça ne lui plaisait pas. Il se sentait soudain incapable de poursuivre ce petit jeu qu'il avait lui-même initié. C'était totalement irrationnel.

Il esquissa un sourire ironique.

— On dirait que vous êtes pressée d'en finir, maintenant que ce n'est plus vous qui tirez les ficelles !

— N'est-ce pas ce que vous vouliez ? En finir au plus vite avec cette expertise ?

— Depuis quand vous inquiétez-vous de ce que je veux ? dit-il, furieux contre lui-même. Mes souhaits et mes désirs seraient-ils devenus une priorité aux yeux de la femme programmée pour me détruire ?

— J'ai dû mal vous comprendre, rétorqua-t-elle calmement. Voulez-vous sortir indemne de ce conflit avec votre conseil d'administration et reprendre le cours normal de votre existence ? Ou bien préférez-vous continuer à jouer au chat et à la souris avec moi dans votre château hanté ?

Il la toisa, l'œil mi-clos, la prunelle orageuse.

— Je dois choisir ?

Elle redressa le menton.

— Rien ne vous oblige à décider tout de suite. J'imagine cependant que chaque jour qui passe avec cette épée de

Damoclès suspendue au-dessus de votre tête fragilise votre position à la tête de l'entreprise.

La logique de cette femme était exaspérante.

— Bon, puisque vous tenez à connaître mon histoire familiale, sachez que le bonheur n'a jamais eu sa place sous ce toit, dit-il d'un ton brusque. Cette demeure est hantée par les fantômes d'hommes qui, malgré leur détermination, n'ont jamais réussi à obtenir ce qu'ils voulaient et n'ont rien trouvé de mieux que de reporter leur frustration sur leur épouse et leur progéniture.

— Je croyais que les Combe étaient de riches industriels depuis plusieurs générations.

— Exact. Mais quand on peut tout avoir, on a tendance à se focaliser sur l'inaccessible. Chez les Combe, c'est la position sociale. Croyez-moi, il n'y a pas plus désespéré qu'un gars plein aux as qui rêve d'appartenir à l'aristocratie mais ne peut pas se débarrasser de son sang de prolétaire.

— Votre père a cependant rompu avec cette fatalité en épousant une aristocrate italienne. Vous devriez être content, non ? Vos parents formaient un couple célèbre.

Incapable de maîtriser sa nervosité, il se mit à faire les cent pas et finit par s'arrêter sous le nez de Sarina.

— Ils étaient surtout célèbres pour leur saga amoureuse… Savez-vous ce que ça signifie ?

Sarina haussa les épaules. Un mouvement dangereusement provocant alors qu'il était si proche d'elle.

Il inspira brusquement et sut qu'elle avait perçu le danger en voyant la méfiance s'allumer dans son regard.

— Ça signifie qu'ils étaient absorbés l'un par l'autre au détriment de tout le reste. Lequel était infidèle, lequel avait menti, lequel avait trop bu ou flirté lors de telle ou telle soirée. Ils se trahissaient, se chamaillaient, se séparaient, se remettaient ensemble encore et encore, conscients que chaque faux pas était monté en épingle par les journalistes pour un public avide de scandales. Accessoirement, ils s'apercevaient qu'ils n'étaient pas seuls sous ce toit, par exemple qu'il y avait des enfants qui avaient besoin de temps en temps de leur part d'un brin d'attention, voire d'affection. Malheureusement, les enfants ne font pas un bon public, ils préfèrent les contes de fées dont les héros ne sont pas leurs parents. Si bien que Pia et moi étions généralement ignorés.

Le regard de Sarina chercha le sien.

— Ça ne ressemble pas vraiment à une histoire d'amour.

— Qu'est-ce que l'amour, si ce n'est l'entêtement à espérer contre toute évidence ?

Une vision cynique, certes, mais bien réelle et qu'il n'avait aucune raison de cacher à Sarina.

— Vous devriez songer à créer votre propre gamme de cartes de vœux sentimentales, commenta-t-elle. Vous feriez fortune.

Le ton était ironique, insolent, le menton relevé, mais une fois de plus le pouls qui battait à la base de son cou trahissait sa nervosité.

— Ma mère traitait mon père de brute, reprit-il. Lui la traitait de menteuse. Leur relation était tumultueuse, et l'enfant que j'étais avait l'impression d'être balloté sur une mer démontée. Je voulais juste qu'ils soient ceux que j'imaginais : un homme bien trop fort et une femme bien trop belle pour ce bas monde.

— J'ai cru comprendre que c'est le château lui-même que vous accusiez. Pas vos parents.

— Personne n'a jamais été heureux ici. Les gens du coin prétendent que ces murs sont maudits et que même les fantômes y sont trop déprimés pour les hanter.

Il était conscient d'être trop proche de Sarina. Bien plus qu'il n'aurait dû. C'était très simple, il lui suffisait de reculer. Mais il n'en fit rien.

— Vous pensez que le fait d'avoir été négligé par des

parents en conflit permanent pourrait expliquer votre comportement à l'enterrement de votre père ?

— À quoi rime cette tentative de psychanalyse, docteur ? questionna Matteo d'une voix si basse qu'elle était à peine audible. Nous n'en sommes plus là, non ?

Sarina déglutit péniblement, et l'accélération des battements au creux de sa gorge indiqua clairement que leur proximité l'affectait autant que lui.

C'était déjà ça.

— Je dois suivre le protocole, argua-t-elle. Le troisième entretien exige un compte rendu de ma part au client.

Il esquissa un sourire dubitatif.

— Un client qui ne vous paie pas pour me trouver d'un naturel sympathique et qui va s'en prendre à vous si vous ne concluez pas dans son sens.

— Quelle que soit la conclusion attendue par M. Sainsworth, il me paie pour être impartiale. Vous m'avez entendue le lui rappeler.

— Et vous pensez qu'il va vous croire ?

Soudain, quelque chose en lui céda. Il savait qu'il n'aurait pas dû, mais ce fut plus fort que lui.

Il tendit la main vers le visage de Sarina et laissa ses doigts tracer un chemin délicat de ses tempes à la commissure de ses lèvres, puis plus bas sur sa gorge, là où battait son pouls. Il s'arrêta là jusqu'à ce qu'il sente les battements se propager dans son propre sexe.

— Comment croyez-vous qu'il réagira quand vous lui fournirez un rapport conseillant de ne pas me virer ?

Sarina saisit sa main. Pour la repousser, sans doute. Mais la petite part irrationnelle qu'il y avait en lui l'accueillit comme une caresse.

Elle soutint son regard.

— Quand vous m'avez lancé l'histoire de Jeanette à la figure, ça ne m'a pas plu, mais je comprends pourquoi vous l'avez fait. Et c'est encore plus dur pour moi de reconnaître que vous aviez peut-être raison. Je me suis toujours enorgueillie d'être impartiale, mais il est possible que je me sois autorisée à présumer de la culpabilité de certains des cas que j'ai expertisés au lieu de m'appuyer sur les faits.

Il ne fit pas l'erreur d'imaginer qu'elle puisse le féliciter pour sa perspicacité. Ni même se rendre. Encore moins, s'excuser.

Ce que vint confirmer le sourire glacial de Sarina.

— Cela dit, nous ne saurons jamais si mon rapport d'expertise forcément élogieux vous concernant est mérité ou si ce n'est que le résultat de votre chantage.

— Je pense pouvoir vivre avec. Ce n'est pas très important.

— C'est important pour moi, répliqua sèchement Sarina en repoussant sa main avec un peu de retard. Quoi qu'il en soit, je n'ai pas forcément besoin que vous me racontiez votre vie, monsieur Combe. Mais plus je pourrai donner de détails prouvant que nous avons bien eu ce troisième entretien, mieux ce sera. Comprenez que ce n'est pas seulement votre carrière professionnelle qui est en jeu.

Pour la première fois de sa vie, il se fichait de sa carrière professionnelle et de ressembler ou non à son père. Il aurait dû reculer.

Il aurait dû se remettre à arpenter la pièce pour dompter sa nervosité. Il ne fit ni l'un ni l'autre.

— Pourquoi ne m'appelez-vous pas par mon prénom, dit-il en baissant les yeux sur la naissance du cou de Sarina où son pouls battait frénétiquement. Je vais finir par le prendre comme une provocation délibérée.

— Le nom que je vous donne n'a aucune importance, rétorqua-t-elle froidement.

Il obligea son regard à dériver sur les murs de la bibliothèque chargés de livres vides aux reliures ouvragées, faux-semblants d'une mine de connaissances qu'aucun occupant de cette demeure n'avait jamais possédées.

— Vous ne faites pas beaucoup d'efforts pour me satisfaire, observa-t-il comme s'il avait passé la journée à y réfléchir. Quand on fait chanter quelqu'un, on peut raisonnablement espérer qu'il va faire ce qu'on lui demande, non ?

— Vous appeler par votre prénom n'a jamais été mentionné dans notre arrangement, répliqua Sarina.

— C'était implicite.

Il ne s'attendait pas à ce qu'elle se penche brusquement vers lui, si bien qu'il lui fallut une seconde de trop pour se rendre compte que son regard étincelait d'une rage annonçant la tempête. Et quand il s'en aperçut, c'était trop tard. Son corps réagit instantanément. Tendu. Brûlant. Prêt à enclencher la vitesse supérieure.

— Vous êtes aussi mauvais que tous les hommes que j'ai démolis, asséna-t-elle en détachant soigneusement chaque mot comme pour mieux enfoncer le clou. La différence, c'est qu'*eux* en étaient conscients. Contrairement à vous. Alors, laissez-moi vous expliquer : quand on est un homme bien, on ne pratique pas le chantage. C'est tout.

— Quand on est une femme bien, on ne construit pas sa vie sur un désir de vengeance, riposta-t-il aussi sec. Alors, inutile de monter sur vos grands chevaux pour me faire la morale.

— J'ai un but. Ma vie a du sens. Peu importe ce que vous en pensez, et tant pis si mes décisions dérangent les types de votre espèce, arrogants, tyranniques et insupportables !

Elle lui lançait les mots comme des poignards.

Il lui jeta un regard qui aurait réduit une crécelle au silence.

— La seule chose qui vous sauve, Sarina, c'est ma

bienveillance à votre égard. Un conseil, ne la gaspillez pas !

Elle le crucifia à son tour du regard.

— Votre problème, *Matteo*, c'est que vous avez l'habitude que les gens aient peur de vous. Eh bien, pas moi. Je ne veux pas que cette vidéo fasse le tour du monde, c'est vrai. Pour autant, je n'ai pas peur de vous.

Il la toisa lentement, notant la rougeur sur ses joues, la façon dont sa poitrine se soulevait sous la force de sa respiration haletante, et ses poings qu'elle crispait convulsivement au rythme du pouls qui battait au creux de sa gorge.

Elle semblait sur le point d'exploser. Mais pas de colère…

C'était autre chose. Quelque chose de beaucoup plus simple. La chose la plus primitive, la plus naturelle du monde.

— Si vous avez envie de moi, docteur Fellows, il suffit de demander.

L'effet fut immédiat. Sarina se raidit, ses joues s'embrasèrent.

— Espèce de… De prétentieux personnage !

— Sarina, murmura-t-il d'une voix soyeuse. Ce n'est pas ainsi qu'on dit « s'il te plaît ». À moins que…

8.

La voix de Matteo, sensuelle et tentatrice, semait des frissons sur la peau de Sarina, l'étourdissait, menaçait de lui faire perdre la tête.

— Peut-être ne savez-vous pas comment demander ce dont vous mourez d'envie ? C'est ça, ma petite chérie ?

Toute la journée, elle avait ruminé sa colère, enfermée dans sa chambre, à ressasser chaque seconde de chaque échange avec cet homme diabolique pour tenter de comprendre comment elle en était arrivée là.

Il était odieux avec elle, et pourtant, dès qu'il la regardait, dès qu'il la touchait, il y avait cette crispation traîtresse entre ses jambes.

C'était encore pire maintenant. Ce qu'il venait de dire lui donnait envie de hurler. Elle se contenait, mais elle était impuissante à endiguer la vague de chaleur qui la suffoquait.

— Ne m'appelez pas comme ça, marmonna-t-elle. Je ne suis pas votre « petite chérie ».

Le regard qu'il lui lança la fit tressaillir, c'était un regard différent, ouvertement évaluateur. Mélange de spéculation, de détermination et de… patience. Comme si cet homme avait plongé en elle et, patiemment, fouillait dans les moindres recoins, menaçant son équilibre intérieur.

— Vous étiez une enfant très performante, dit-il d'une

voix songeuse. Première de la classe, major de promotion à l'université avec une double mention d'excellence.

De tout ce qu'il aurait pu dire, elle ne s'attendait certainement pas à ça. Elle s'efforça de suivre le déroulement de sa pensée en professionnelle. Elle était censée garder le fil conducteur, assembler les pièces du puzzle…

Mais c'était d'elle que Matteo parlait avec cette étrange lueur dans ses prunelles grises, cette sorte de patience obstinée qui n'augurait rien de bon.

— Je connais mon dossier universitaire, merci, réussit-elle à dire.

Elle frissonnait, à présent. Peut-être couvait-elle quelque chose – cela n'aurait rien eu d'étonnant, compte tenu du stress provoqué par cette histoire. Elle se sentait étourdie, comme en état d'apesanteur. Ses seins étaient douloureux, et il y avait cette crispation dans son bas-ventre… Oui, elle couvait forcément quelque chose.

— Vous avez appliqué à votre existence la même rigueur que vous mettiez dans vos études, continua Matteo. Et puis, vous avez perdu votre amie.

— Plus personne ne me parle de Jeanette, observa-t-elle malgré son trouble. On dirait qu'elle n'a jamais existé. Je devrais être ravie d'entendre son nom prononcé deux fois dans la même journée. Et même ça, vous réussissez à le gâcher.

Une lueur furtive traversa les prunelles grises de Matteo, mais sa bouche magnifique se contenta d'esquisser un sourire. Un sourire qu'elle aurait trouvé presque doux s'il s'était agi d'un autre homme.

— Je ne peux que constater les faits, *ma petite chérie.*

Il la provoquait exprès pour la faire enrager. Mais en réalité, ce qu'elle éprouvait, c'était une sorte de faiblesse. Comme si ces quelques syllabes lui faisaient perdre l'équilibre. Comme si le sol se dérobait sous ses pieds.

— Des années de travail acharné pour satisfaire

aux exigences de vos parents et décrocher les meilleurs diplômes, reprit-il. La perte de votre amie. Et depuis, vous menez une existence d'ermite. Pas même une virée dans un des bars de tous ces hôtels où vous passez vos nuits. Si bien que je me pose la question…

Là, Matteo passa la vitesse supérieure. Il tendit la main, enfouit les doigts dans ses cheveux et fit sauter la barrette qui les retenait sur sa nuque.

La masse de sa chevelure se répandit sur ses épaules, et elle fit un effort surhumain pour soutenir le regard gris de Matteo tandis qu'il entortillait une mèche autour de son index et tirait légèrement dessus.

— Docteur Fellows, dit-il d'une voix de velours. Êtes-vous vierge ?

Les oreilles de Sarina bourdonnèrent, son estomac se contracta, mais elle réussit à ne pas baisser les yeux, et même à hausser les sourcils. Parce qu'il n'était pas question qu'elle sombre corps et biens comme le *Titanic*.

— Quelle drôle de question ! De nos jours, la virginité est une conception rétrograde à connotation péjorative, typique des sociétés patriarcales, répondit-elle.

— Allons, ma petite chérie, inutile de tourner autour du pot. Soit vous avez eu des relations sexuelles, soit vous n'en avez pas eu. Vous pouvez le formuler comme vous voulez, la question reste la même. Êtes-vous vierge ?

Sur les lèvres de Matteo flottait toujours ce petit sourire patient.

— Je n'aime pas ce terme, éluda Sarina. C'est une unité d'évaluation absurde.

— Tout dépend de l'unité en question et…

— Savez-vous qui s'intéresse à des trucs comme la virginité ? le coupa-t-elle vivement. Des pré-adolescentes surexcitées. Et des hommes qui n'y connaissent rien.

Ignorant l'interruption, Matteo reprit sa phrase.

— Comme je le disais, tout dépend de l'unité en

question et de l'homme qui manipule cette unité un peu particulière. Ce qui demande un certain talent, naturellement. Ça ne s'apprend pas.

— Pensez ce que vous voulez, je ne répondrai pas à cette question ridicule, déclara-t-elle avec un petit reniflement.

Le sourire de Matteo s'élargit.

— Vous venez d'y répondre.

Elle inspira profondément, prête à contre-attaquer par une nouvelle série d'arguments, n'importe quoi…

Quand Matteo la souleva brusquement de terre.

Ce fut comme si le monde basculait sur son axe, la projetant dans un univers parallèle où tout n'était que sensations – les bras musclés de cet homme qui l'enlaçaient, son torse dur pressé contre sa poitrine, le creux de son cou à la hauteur de ses lèvres. Et son parfum qui l'enveloppait, puissant, viril. Qui l'intoxiquait.

Quand il la cloua contre le mur, se pressant contre elle tandis que ses mains relevaient ses jambes pour les enrouler autour de sa taille, elle laissa échapper une plainte qui lui était étrangère.

— Qu'est-ce que vous… ? Que… ?

Elle ne trouvait plus ses mots. Son cerveau était comme court-circuité. Plus rien n'existait que Matteo, son corps plaqué contre le sien. Et son regard gris rivé sur elle. Inflexible. Sûr de lui. Un regard qui la faisait frissonner tout à la fois de peur et d'excitation.

N'était-ce pas au fond ce qu'elle avait voulu dès le départ ? Son corps ne l'avait-il pas su bien avant elle, dès leur première rencontre à Venise ?

— Il existe différents types de lutte, ma petite chérie, souffla Matteo tout contre son oreille. Laisse-moi te montrer celle-ci.

Et il s'empara de sa bouche.

Elle avait à peine survécu au premier baiser.

Celui-ci était encore plus brûlant, plus exigeant. Plus sauvage. Elle n'avait jamais été embrassée ainsi. Elle avait l'impression d'être en pleine tempête, frappée par les éclairs, foudroyée, et elle en redemandait…

Elle cessa de penser. Enroulant les bras autour de la nuque de Matteo, elle resserra les cuisses autour de sa taille et sentit son érection contre son ventre. D'instinct, ses hanches se mirent à osciller pour aller à sa rencontre et frotter son sexe contre le sien.

Elle avait sans doute perdu la tête. Cet homme éveillait en elle des sensations inconnues qu'elle ne pouvait ni ne voulait réprimer. Des sensations tout à la fois douloureuses et délicieuses. La seule façon d'apaiser la tension dans ses seins, c'était de les presser encore plus durement contre son torse. Il l'embrassait comme si elle lui appartenait – comme s'il connaissait tout d'elle, au-dedans comme au dehors – lui inclinant la tête d'un côté puis de l'autre jusqu'à trouver le meilleur angle pour l'embrasser plus profondément. Plus intensément. Plus sauvagement.

Si c'était une lutte, c'était celle qu'elle avait attendue toute sa vie. Alors, elle s'y jeta tête baissée. Sans réfléchir. Elle se fichait qu'une caméra puisse enregistrer ce qu'il se passait. Elle se moquait même que la vidéo fasse le tour du monde.

Plaquée contre lui, elle avait l'impression de s'éveiller à la vie. Elle n'avait pas imaginé qu'un baiser puisse éveiller en elle un tel déchaînement des sens. Elle n'avait jamais imaginé être un jour aussi brûlante, étourdie, enivrée, capturée par le parfum d'un homme et le goût de sa bouche, promesses de plaisirs sauvages.

Matteo s'arracha à ses lèvres pour descendre plus bas, semant sur la cambrure de son cou une pluie de baisers brûlants, embrasant chacune de ses terminaisons nerveuses.

Fermant les yeux, elle tenta de calmer sa respiration, d'absorber le chaos de sensations.

— Accroche-toi à moi, souffla-t-il tandis qu'il glissait une main entre eux, sous la ceinture de son pantalon, pour s'aventurer entre ses cuisses et s'emparer de son intimité.

Il enfonça un doigt en elle et, sans hâte, la caressa tout en pressant la paume contre son clitoris, lui faisant perdre pied jusqu'à ce que l'orgasme s'empare d'elle et que le monde autour d'elle disparaisse dans un tourbillon de plaisir.

Quand elle rouvrit les yeux, elle était étendue sur le sol de la bibliothèque, Matteo au-dessus d'elle, mâchoires serrées, regard brûlant. Il prit de nouveau sa bouche avec une brutalité qui n'avait rien de cruel et qui réveilla en elle un instinct primitif : le besoin éperdu d'assouvir son désir de l'autre.

Elle n'avait jamais fait ça avant, mais ça n'avait guère d'importance. La lutte, elle connaissait. Elle avait passé sa vie à lutter. Alors, c'est ce qu'elle fit. Pour se coller à lui. Pour le lécher. Partout. Connaître son goût. Il lui retira son chandail et le jeta sur le côté. Elle en fit autant avec le sien.

Il la repoussa et l'étendit sur le dos pour torturer ses seins avec ses lèvres et ses mains expertes. Jusqu'à ce qu'elle se torde sous le délicieux supplice en gémissant son nom.

Ensuite, ce fut son tour à elle de contre-attaquer. Elle échappa à Matteo et roula sur lui pour prendre le contrôle de son corps, mordiller ses mamelons, effleurer son torse de ses seins nus.

Il l'arrêta quand elle glissa plus bas vers son ventre. Sans lui laisser le temps de protester, il l'écarta et retira son pantalon, tandis qu'elle retirait le sien sans le quitter des yeux.

— Tu veux ma mort, murmura-t-il, le regard étincelant.

— Nos fantômes hanteront Combe Manor avec tous les autres, rétorqua-t-elle, avant de fondre à nouveau sur lui avec une audace dont elle ne se serait jamais crue capable.

Il la laissa faire, se laissa embrasser, lécher, goûter.

Folle de désir, elle s'enivrait de son odeur, de sa peau. Elle aurait pu continuer ainsi une éternité si Matteo n'avait pas décidé que ça suffisait comme ça.

Le souffle court, elle croisa son regard couleur d'orage, le pli sévère sur sa bouche. Ses mains crispées sur ses hanches ne toléraient aucune rébellion quand il la souleva pour l'asseoir sur lui. Il ajusta sa position pour presser sa virilité à l'entrée de son sexe.

— Prends-moi en toi, lui dit-il d'une voix aussi ferme et assurée que son regard.

Elle avait confiance en cet homme – ce à quoi elle préférait ne pas trop réfléchir, et surtout pas maintenant. Et, plus que tout, elle le désirait. Rien d'autre n'avait d'importance : ni leurs positions sociales, ni leurs différends, ni même le scandale.

Elle posa les mains sur son torse et lentement, lentement, descendit sur son érection. Un pincement au fond de son ventre la fit tressaillir. Elle s'immobilisa un instant, le temps de s'habituer à cette sensation tout à la fois exquise et douloureuse d'être distendue, remplie. Puis elle continua, jusqu'à ce que le sexe de son amant soit totalement enfoncé en elle, faisant naître une sensation inconnue qu'elle ne pouvait ni ne voulait réprimer.

Matteo ne la quittait pas des yeux.

— Et maintenant ? souffla-t-elle, haletante, entièrement concentrée sur lui et… sur cette part de lui qui était en elle.

— Tu as mal ?

Il y avait de la tension dans sa voix, mais aucune trace sur son beau visage.

— Je te l'ai dit. La virginité n'est qu'un mot.

— Qui ne s'applique désormais plus à toi. Maintenant, il te suffit de bouger.

Elle s'exécuta, cherchant sa position, son rythme. Lentement, elle fit basculer ses hanches, puis se souleva et se rassit. Recommença. S'enhardit.

Elle se sentait puissante. C'était elle qui commandait. Matteo était à elle.

Elle ne sut pas quand elle cessa de jouer, quand elle commença à gémir et à frissonner sous l'assaut de la pulsion lancinante au fond de son ventre, pareille à une brûlure.

— Sarina !

La voix dure de Matteo ne fit que l'exciter davantage. Elle sursauta violemment et se figea.

Il plongea dans ses yeux.

— Tôt ou tard, tu vas devoir te rendre. Tu dois lâcher prise.

Elle voulut lui dire qu'elle ne savait pas comment faire. Qu'elle ne voulait pas. Que ce n'était pas dans sa nature...

Mais il glissa la main entre ses jambes, pressa ses doigts contre son clitoris, accentua ses caresses, déclenchant des vagues profondes et violentes qui lézardaient le mur d'autodiscipline qu'elle avait si laborieusement édifié autour d'elle.

— Ne résiste pas, Sarina.

Alors, elle s'abandonna. Elle se laissa rouler dans le flot impétueux de la jouissance, tandis que Matteo soulevait les hanches pour plonger encore plus profondément en elle et lui apprendre la différence entre la satisfaction immédiate et l'art exquis de faire durer les choses. Entre le jeu et la passion.

Chacun de ses coups de reins lui faisait atteindre un nouveau palier de plaisir, et l'extase était à chaque fois si intense qu'elle croyait être parvenue au sommet.

Et pourtant, elle montait toujours plus haut, plus haut, encore plus haut.

Elle n'entendait plus que ses gémissements, la respiration rauque de Matteo qui faisait écho aux furieux battements de son cœur. Ses pensées s'éparpillaient. Plus rien n'existait que leurs corps plongés dans un même brasier. Jusqu'à ce que l'explosion les disperse en milliers de morceaux.

Elle reprit ses esprits alors que Matteo la soulevait dans ses bras. Elle enfouit son visage contre son épaule en se demandant confusément s'il était possible de rassembler les morceaux. Le voulait-elle seulement ?

Sans un mot, Matteo la porta à l'étage, dans ses appartements. Mais au lieu de la déposer sur le lit qui trônait dans sa chambre, il l'emmena dans la salle de bains adjacente.

Il la remit sur ses pieds et attendit quelques secondes qu'elle retrouve son équilibre. Elle voulut lui dire que c'était inutile, mais sa bouche semblait ne plus pouvoir fonctionner normalement, et quand il la lâcha, elle se rendit compte qu'elle tenait à peine sur ses jambes. S'appuyant au rebord de l'immense baignoire, elle regarda Matteo la remplir.

Quand elle fut pleine, il la souleva de nouveau dans ses bras et la déposa dans l'eau. Puis il entra dans la baignoire à son tour et s'installa face à elle, leurs jambes entremêlées dans une intimité naturelle qui fit battre le cœur de Sarina.

Soudain, son ravissement se transforma en crainte. Toutes ces choses dont elle aurait dû se souvenir, toutes ses réserves et ses appréhensions l'assaillirent, s'élevant entre eux tel un mur, la poussant à se demander…

— Arrête !

La voix de Matteo la fit sursauter.

— Le monde ne va pas s'arrêter de tourner, Sarina. Inutile de te torturer l'esprit.

Elle fronça les sourcils, mais avant qu'elle ait eu le temps de réagir, il l'attira à lui et l'installa dos contre son torse.

Toute sa vie, elle s'était battue. D'abord pour obtenir d'excellents résultats scolaires et universitaires en sa qualité de fille unique de deux intellectuels superstars qui remarquaient à peine son existence. Ensuite, il y avait eu la perte de Jeanette, et là encore, elle s'était battue pour ne pas sombrer. Elle avait construit sa vie autour de cette lutte. Jamais, elle n'avait songé à lâcher prise.

Mais là, dans cette eau chaude, douce comme la soie sur sa peau, prisonnière du corps dur et brûlant de Matteo, elle se sentait… bien. Elle n'avait plus envie de batailler. Alors, pour une fois, elle décida de laisser faire.

Ce fut la lumière qui réveilla Sarina.

Elle tirait toujours les rideaux pour se protéger des premières lueurs de l'aube, seul moyen pour surmonter ses problèmes d'insomnie dus au décalage horaire quand elle traquait des brutes tyranniques à l'autre bout du monde. Elle ne laissait jamais le jour entrer.

Elle fit la grimace, l'esprit engourdi. Désorientée, elle sentit un corps bouger contre elle, et dans la seconde suivante, elle se souvint où elle était. Et avec qui.

Quand elle ouvrit les yeux, la réalité la secoua si durement qu'elle en eut la nausée.

La nuit s'était déroulée comme dans un rêve. Elle s'était abandonnée dans la baignoire, elle avait renversé la tête en arrière pour offrir sa bouche à Matteo. Puis il l'avait portée sur son lit. Là, il lui avait enseigné tout ce qu'elle ne savait pas. Il l'avait possédée avec art, avec fièvre, jusqu'à ce qu'elle ne soit plus qu'un corps écartelé, fourbu de sensations.

Pas une seule fois, elle n'avait pensé qu'il la faisait chanter. Pas une seule fois elle ne s'était inquiétée de mettre son avenir entre ses mains, littéralement parlant et de son plein gré. Pas une seule fois elle n'avait songé aux conséquences professionnelles.

Elle avait renié tout ce qu'elle était. Pire, elle avait trahi Jeanette.

Elle sentit son estomac se nouer et son cœur s'emballer. Il cognait si fort qu'elle craignit un instant que le bruit des battements ne réveille l'homme endormi à ses côtés.

Prudemment, elle s'écarta et se glissa sans un bruit hors du lit.

Dehors, les premières lueurs de l'aube éclairaient la cité en contrebas, avec ses vieilles maisons de brique et ses rues étroites.

Elle sortit de la chambre sur la pointe des pieds et retrouva le chemin jusqu'à la bibliothèque.

Les vêtements qu'elle était certaine d'avoir jetés au sol étaient à présent soigneusement pliés sur une chaise, comme pour lui rappeler que le personnel du château n'ignorait rien de ses ébats avec le maître des lieux.

Honteuse, elle s'habilla, courut à sa chambre prendre sa valise et se faufila jusqu'à la porte d'entrée. La main sur la poignée, elle hésita et jeta un regard derrière elle.

Un sanglot dans sa gorge menaçait de s'échapper. Et s'il s'échappait, elle s'effondrerait. Or, elle ne pouvait pas – elle ne *devait* pas rester.

Alors, elle ravala sa peine et quitta le château.

Conformément aux dires de Matteo, il lui fallut une bonne heure de marche pour atteindre la route principale du village, d'où elle appela un taxi pour la conduire à York. Arrivée là, elle grimpa dans le premier train pour Londres.

Elle ne savait pas ce qu'elle serait devenue dans les bras de Matteo Combe. La seule chose certaine, c'est qu'elle ne pouvait pas se permettre d'être à nouveau la femme de la nuit dernière. La femme impudique, soumise, qui avait besoin de ses caresses, besoin de *lui*. Désespérément. Le genre de femme qu'elle n'avait jamais été et qu'elle méprisait. Le genre de femme capable de se donner corps et âme à un homme tel que Matteo Combe.

Quelle idiote d'avoir imaginé une seconde pouvoir prendre un tel risque et s'en sortir indemne ! Tôt ou tard, elle paierait forcément pour ce plaisir. Elle le savait. Elle savait comment ces choses-là se terminaient : dans les larmes et le désespoir.

9.

Avant même d'ouvrir les yeux, Matteo sut qu'il était seul dans le lit monumental hérité de ses ancêtres.

Il passa la main sur les draps dans lesquels Sarina avait dormi. Ou plus précisément, où elle avait brièvement repris son souffle entre des élans de passion comme il n'en avait jamais connu avec une autre.

Le drap était froid.

Il roula sur le dos et se frotta le visage, assailli par tout ce qui le hantait, tout ce à quoi il refusait de penser dans cet endroit peuplé de fantômes.

Il n'était pas un play-boy. Contrairement à beaucoup de ses semblables de sang bleu et aux comptes bancaires bien garnis, il ne collectionnait pas les conquêtes. Comme il l'avait précisé à Sarina, il était plutôt du genre « archaïque ». Vieux jeu, quoi.

Ce qui ne voulait pas dire qu'il faisait vœu de chasteté, sa vie sexuelle avait toujours été bien remplie. Mais jamais il n'avait senti le désir l'incendier à ce point. Jamais il n'avait connu chez une femme une telle sauvagerie des sens exigeant d'exploser librement.

En dépit de son inexpérience, Sarina avait répondu passionnément à chacune de ses caresses, chacun de ses baisers, comme s'il était le seul homme au monde capable de la satisfaire. Elle l'avait rendu fou de plaisir. Plaisir de la sentir autour de lui, de sentir ses mains agrippées à ses épaules, de la douceur de sa peau, des courbes de son corps épousant le sien. Elle avait provoqué un cataclysme dans ses émotions. Il n'était plus le même. Il se sentait... Possessif. Parce qu'il était le premier. Parce que Sarina n'avait appartenu à aucun autre homme avant lui et qu'il lui avait enseigné comment donner et recevoir. Et la vierge inexpérimentée s'était transformée en une déesse sensuelle diaboliquement efficace.

Au souvenir de leurs ébats insatiables, son désir se réveilla. Il était déjà en manque ! Sarina était une drogue.

Réprimant un soupir, il s'extirpa du lit pour aller prendre une douche. L'eau lui éclaircirait les idées et le débarrasserait peut-être de cet embrouillamini de sentiments bizarres où il ne se reconnaissait plus lui-même.

Mais quand il émergea de la salle de bains, il était toujours aussi tendu, les nerfs à vif.

Il n'y avait aucune raison pour que ce soit autre chose qu'un intermède purement sexuel entre cette femme qui avait fait de sa soif de vengeance une véritable entreprise de démolition d'hommes de son espèce, et lui qui avait pris un malin plaisir à la faire chanter.

Alors, pourquoi était-il à ce point obsédé par le souvenir de ses soupirs et de ses gémissements quand il s'était perdu en elle dans un tourbillon de sensations, au point de ne plus savoir qui il était ? Sarina ne l'avait pas seulement ensorcelé, elle l'avait mis à nu.

L'esprit en ébullition, il sauta le petit déjeuner et gagna directement la bibliothèque. Assis à sa table de travail, il contempla les murs couverts de livres qui n'en étaient pas.

Après tout, que leurs pages soient blanches ou pas n'avait pas tant d'importance. Il n'y a pas de mal à s'abriter derrière une façade. Ce n'est pas parce que le monde prône la transparence en toute chose qu'il faut nécessairement partager cette obsession. Il lui suffisait de regarder par les fenêtres de cette pièce pour comprendre que le passé ne peut être chassé de certains endroits. Que certaines choses restent plus ou moins immuables au fil des siècles. Et qu'il serait ridicule d'imaginer pouvoir y changer quoi que ce soit.

Il ouvrit son ordinateur, posa son smartphone sur le bureau à côté de lui et se mit au travail avec toute l'énergie d'un homme déterminé à ne pas fendre sa carapace pour voir ce qui se cache dessous. S'il y avait bien une leçon qu'il avait retenue, c'était de ne rien montrer de sa vie intérieure. Celle-ci devait rester là où elle était. À l'intérieur. Sous peine de détruire les années de discipline de fer qui avaient fait de lui l'homme qu'il était.

Il passa la matinée à négocier des contrats et à discuter avec les responsables des filiales de Combe Industries à travers le monde. À chaque fois, il devait se défendre – sans paraître agressif – contre la sournoise campagne de dénigrement lancée par Roderick Sainsworth à la suite du premier compte rendu de Sarina. Ce qui avait le mérite de lui rappeler qui il était. Qui elle était. Et la raison pour laquelle il l'avait piégée avec cette vidéo.

Sarina Fellows haïssait les hommes comme lui. La preuve, elle préférait se terrer dans sa chambre plutôt que d'affronter la réalité de ce qu'il s'était passé entre eux.

Il aurait pu s'en amuser, mais comme le soir tombait, il commença à s'inquiéter. Il sortit de la bibliothèque et prit la direction de l'aile sud où Sarina avait été installée à son arrivée. Son humeur s'assombrit encore à mesure qu'il remontait les corridors où régnait un silence absolu, devant les portraits de ses ancêtres Combe, des hommes durs et déterminés, richement vêtus et tentant d'afficher une noblesse qu'ils ne possédaient pas.

Arrivé devant la chambre de Sarina, il frappa un coup sec et ouvrit la porte.

La pièce était déserte.

Une seconde lui suffit pour comprendre que son

occupante n'était pas simplement sortie se promener dans les jardins. Sa valise n'était plus là. Sarina Fellows s'était volatilisée.

Il rebroussa chemin, les mâchoires crispées par la colère.

— Où est le Dr Fellows ? demanda-t-il à la première femme de chambre qu'il croisa.

— Je pensais que vous le saviez, monsieur, répondit celle-ci, l'air gêné. Elle est partie tôt ce matin. À pied.

Piqué au vif, il préféra se taire de crainte d'exploser. Il rumina sa colère et sa frustration toute la nuit avant d'appeler Sarina le lendemain matin, de la bibliothèque, là où il avait pour la première fois goûté à son innocence.

— Dr Fellows à l'appareil, répondit-elle d'un ton neutre, comme si elle ignorait de qui émanait l'appel.

Comme si elle s'imaginait les ramener ainsi sur un terrain purement professionnel !

— On dirait que tu n'as pas compris comment marche un chantage, Sarina, dit-il d'un ton détaché, alors même qu'il bouillait de rage.

— Je croyais que nous étions d'accord sur les termes de notre arrangement, répliqua-t-elle, glaciale. Je ne vois pas pourquoi je me serais attardée plus longtemps. Vous pensiez me séquestrer encore longtemps dans votre château ?

Il fronça les sourcils, douché par le retour au vouvoiement formel qu'elle lui opposait.

— Si j'avais eu l'intention de vous y séquestrer, vous y seriez encore.

Sa voix n'était plus aussi calme, mais Sarina l'ignora.

— Je présenterai les conclusions de mon expertise à votre conseil d'administration dans une semaine, dit-elle sur le ton avec lequel elle aurait discuté des préparatifs d'un voyage ou d'une liste de courses. Vous pourrez suivre la vidéoconférence à distance. Si, pour une raison ou une autre, vous n'appréciez pas les résultats de mon analyse, nous pourrons en discuter.

Même dans sa manière de marquer une pause, Sarina paraissait indifférente. Distante. Presque dédaigneuse.

Il dut se faire violence pour ne pas lui rappeler avec quel abandon elle avait découvert la jouissance dans ses bras… Et lui dire à quel point ça l'avait ébranlé, même s'il avait du mal à l'accepter.

— Avez-vous quelque chose à ajouter, monsieur Combe ?

— Je ne crois pas, répondit-il d'une voix tout aussi glaciale.

Le regard fixé sur la charge de nuages chargés d'électricité qui galopaient au-dessus de la lande plongée dans la pénombre, il raccrocha en essayant de se convaincre qu'il n'éprouvait absolument rien.

Six jours plus tard, dans son bureau de Londres, Matteo regardait Sarina Fellows parler avec assurance devant une caméra.

Elle parlait de lui – ou plutôt du personnage que son conseil d'administration et les paparazzis avaient créé de toutes pièces —, mais il s'en fichait. Il ne voyait qu'elle.

Une semaine plus tôt, il aurait affirmé qu'il n'existait rien de plus important pour lui que son rôle à la tête de Combe Industries. Mais aujourd'hui, la seule chose qui occupait son esprit, c'était cette femme.

Elle paraissait impeccable. Ce qui l'agaçait prodigieusement quand il se souvenait d'elle, les joues cramoisies, les yeux brillants, la peau brûlante, couchée sur lui ou sous lui.

Son épaisse chevelure était rassemblée en un chignon d'où ne dépassait aucune mèche. Vêtue d'un de ses éternels tailleurs noirs, elle affichait un sourire froid, et ses mains étaient sagement croisées sur son bureau.

Dans son dos, le mur était couvert de livres dont il était prêt à parier qu'elle avait lu chaque page.

Parce que Sarina était bien réelle, lui murmura une voix insidieuse sous son crâne. C'était lui qui était factice.

Ou peut-être un fantôme. Celui de ses ancêtres, âmes errantes d'une famille maudite au goût prononcé pour la bagarre, l'argent, l'amertume et les désillusions.

Pas étonnant que Sarina se soit sauvée comme si elle avait le diable aux trousses. Sans laisser un mot.

Même l'homme dont elle parlait maintenant, le Matteo Combe dont elle dressait le profil psychologique, était bidon. Un faux né d'un chantage.

— Mes entretiens avec M. Combe m'ont convaincue que son comportement lors des funérailles de son père n'est lié à aucun trouble caractériel, mais à un désarroi bien compréhensible, suite à la perte brutale de ses parents en l'espace de quelques semaines. Il s'agit d'un moment de faiblesse qu'il serait injuste d'exploiter pour mettre en doute ses capacités professionnelles.

À l'entendre, Matteo aurait presque pu croire qu'elle pensait réellement ce qu'elle disait.

En réalité, son unique faiblesse, c'était elle. Et il croyait savoir pourquoi, à chaque fois qu'il la voyait, il y avait cette étincelle en lui, comme s'il la retrouvait après l'avoir perdue. Mais il n'avait jamais été très doué pour exprimer ses sentiments, et Sarina Fellows ne voulait rien avoir à faire avec un homme qui la faisait chanter. Alors, ce qu'il croyait savoir resterait enterré au fond de lui – un boulet de plus à traîner.

Dès qu'elle eut terminé son exposé aussi soigné qu'efficace, Sarina se déconnecta, jugeant sa mission accomplie.

Des murmures s'élevèrent parmi les membres du conseil réunis dans la salle de conférence, trois étages au-dessous du bureau de Matteo.

— Je suis content que nous puissions clore ce chapitre, déclara Lord Christopher Radcliffe.

Le vieil homme haussa un sourcil à l'adresse de Roderick Sainsworth, assis à l'autre bout de la monumentale table de verre et d'acier.

— Roderick ? Vous devez être soulagé de voir que vos craintes étaient sans fondement.

— Bien sûr, marmonna l'intéressé entre ses dents.

Sainsworth avait joué et perdu.

Matteo aurait dû être aux anges. Mais la réalité était tout autre. Il se sentait meurtri et amer. Parce que tout ce qui occupait son esprit, son seul désir de conquête, c'était Sarina Fellows. Une femme qui le haïssait trop pour voir en lui l'homme et pas qu'un simple cas d'étude.

— Merci, messieurs, dit-il quand vint son tour de prendre la parole par écran interposé. Je comprends que vous ayez tenu à vous assurer de mes capacités à remplir mon poste à la tête de Combe Industries, ce qui nous a valu cette petite incursion dans le monde de l'analyse psychologique. Naturellement, je suis ravi que le Dr Fellows m'ait déclaré apte à poursuivre la direction de l'entreprise familiale comme prévu.

Après quoi, le contact vidéo fut coupé, chacun se déconnecta, et il se retrouva seul devant un écran vide, à tenter de se persuader qu'il était heureux d'avoir obtenu ce qu'il voulait.

Absolument tout ce qu'il voulait, se répéta-t-il.

Parce que tôt ou tard, à force, il finirait par y croire.

Un mois s'écoula. Puis deux. Matteo travaillait, consacrant tout son temps à l'entreprise familiale parce que c'était tout ce qu'il possédait et la seule chose qu'il savait faire.

Quand bien même certains membres du conseil

d'administration auraient été tentés de le chasser de son bureau, c'était à lui de diriger Combe Industries et d'assurer la pérennité de l'œuvre familiale dans un monde en pleine mutation. Ce qui exigeait de ne pas fonctionner comme son père et d'établir un réel dialogue avec le personnel. Il s'était ainsi astreint à se rendre en personne dans chaque bureau de la compagnie, si petit et reculé soit-il partout dans le monde, pour rencontrer et communiquer directement avec tous les employés du haut en bas de l'échelle hiérarchique.

Ces dernières semaines, alors qu'il était en voyage d'affaires à Perth, il avait également fait la connaissance par Skype de son demi-frère, que Lauren avait enfin retrouvé.

— Je t'aurais reconnu entre mille, avait-il dit en voyant l'homme face à lui sur l'écran.

Dominik était un grand brun aux yeux gris, de ce même gris qu'ils avaient tous deux hérité de leur mère. Plus costaud que lui, il portait sur le visage cette sorte de scepticisme fatigué propre à ceux qui n'ont pas eu la vie facile. Mais leur lien de parenté ne faisait aucun doute.

— Content de faire ta connaissance, frangin, avait-il dit d'une voix bourrue, avec une lueur méfiante dans le regard qui indiquait clairement que s'il avait vécu en solitaire au fond des bois il n'était pas né de la dernière pluie et certainement pas du genre à se laisser embobiner.

Matteo jugeait ce premier contact tout à fait satisfaisant.

— Comment ça, vous ne rentrez pas directement à Londres ? s'était étonnée Lauren après que Dominik avait quitté son bureau.

D'ordinaire imperturbable, elle le regardait sur l'écran en fronçant les sourcils.

— Que voulez-vous que je fasse avec votre frère tombé du ciel pendant que vous voyagez à l'autre bout du monde ?

Matteo avait haussé les épaules.

— Je compte sur vous pour le civiliser, Lauren. C'est un San Giacomo. Apprenez-lui ce que ça signifie avant que les journalistes ne le mettent en pièces.

— Avec tout le respect que je vous dois, monsieur, avait répliqué Lauren sur un ton indiquant qu'elle ne lui en devait pas tant que ça, ne serait-ce pas plutôt à vous de faire ce boulot ?

Justement non, ce boulot n'était pas de son ressort. Parce que, après toutes ces semaines passées à voyager loin de chez lui, il avait eu tout le temps de mesurer à quel point une femme peut distraire un homme de son objectif. À quel point la famille est synonyme d'exigences et de complications. À quel point il est important de créer des compartiments étanches entre les émotions et la raison.

Combe Industries devait à tout prix rester à l'écart des préoccupations personnelles de son P-DG. L'entreprise existait avant lui et serait encore là après lui. Comme le palais des San Giacomo à Venise. Il n'était que le gardien, celui qui protégeait l'œuvre de ses ancêtres pour la transmettre à son tour à celui qui prendrait le relais.

— J'ai appris que nous avions un frère, Matteo, lui avait dit Pia quelques jours plus tard au téléphone, sur un ton blessé. Tu aurais pu me prévenir, au lieu de me laisser découvrir son existence dans les journaux !

— Je ne t'en ai pas parlé parce que je n'étais pas certain qu'on le retrouverait.

— Mais quand il a été retrouvé, tu aurais pu me mettre au courant, non ?

— Je croyais que tu m'appelais pour m'annoncer l'heureux événement, dit Matteo, éludant la question.

En fait, il ne savait comment répondre. En quelques mois, la configuration familiale avait radicalement changé. La disparition de leurs parents. L'irruption dans leur vie de ce demi-frère qui lui enlevait sa place d'aîné. Et pour finir, le mariage à huis clos de sa petite sœur – le seul membre du clan familial qu'il aimait de façon inconditionnelle – pour cause de maternité imminente.

— La famille, c'est compliqué, avait observé Pia au bout d'un moment. Pense à notre mère.

— Je préfère pas.

Alexandrina ne s'était jamais intéressée à lui. Peut-être parce qu'elle avait dû renoncer à Dominik, son premier-né. Quoi qu'il en soit, elle avait toujours fait preuve de froideur à son égard, et il ne savait pas comment faire son deuil d'une mère qu'il avait à peine connue.

— Imagine qu'on te force à épouser quelqu'un contre ton gré, avait repris Pia avec gravité. Tu ne t'en sortirais peut-être pas mieux qu'elle.

— Pia…

Matteo lui avait promis de ne plus jamais interférer dans sa vie personnelle. Il avait passé une main nerveuse dans ses cheveux.

— Est-ce que c'est un appel à l'aide ? Il y a un problème avec le prince Ares ?

— Bien sûr que non.

Elle avait marqué un long silence avant d'observer d'une voix sourde :

— Je me demande s'il n'aurait pas été plus sage de laisser notre frère là où il était.

— C'est lui qui décidera, avait répondu Matteo.

En tout cas, c'était ce qu'il croyait juste.

— D'accord. Quand rentres-tu ? avait murmuré Pia. Ça fait un bout de temps que tu es parti.

Matteo s'était octroyé encore trois semaines supplémentaires avant de retourner à Londres. Et s'il avait choisi de faire étape à San Francisco sur le chemin du retour, c'était uniquement pour affaires. Il avait donné rendez-vous à son avocat-conseil américain dans un bar chic du centre-ville fréquenté par des cadres en costume-cravate, l'œil et l'oreille rivés à leur smartphone.

— Bravo pour votre campagne mondiale de relations publiques ! le félicita Pier Cotton. Ce doit être exténuant, mais quel coup génial d'avoir transformé ce regrettable accès d'humeur lors de l'enterrement de votre père en annonce d'une nouvelle ère pour Combe Industries ! Rien ne vaut une bonne stratégie de communication pour redorer le blason.

Matteo hocha la tête.

Il avait lu la presse. « Un Combe doté d'un cœur ? » titraient les journaux. Il était à présent considéré comme une sorte de héros. Le gars qui n'avait pas hésité à sortir les poings pour défendre l'honneur de sa sœur devant un parterre de personnalités et avait pris sur lui de réparer l'injustice faite par leur père à ce demi-frère resté dans l'ombre.

La situation ayant enfin tourné à son avantage, il aurait dû s'en réjouir. Or, il n'éprouvait ni joie ni enthousiasme. Il ne ressentait rien. Le vide béait en lui, menaçant de l'aspirer.

— Content que ça ait produit l'effet désiré, marmonna-t-il en s'efforçant d'ignorer l'horripilant sourire de son interlocuteur.

Il regrettait déjà de s'être arrêté à San Francisco. Il s'était absenté bien trop longtemps de Londres. Réhabiliter son image et celle de l'entreprise par la même occasion était indispensable, mais ce tour du monde avait été un supplice. Parce que, soir après soir, aux quatre coins de la planète, il s'était retrouvé seul dans sa chambre d'hôtel, à revivre sa nuit avec Sarina Fellows.

Il avait passé ses derniers mois à faire l'amour avec un fantôme. Au point qu'il craignait d'en devenir un lui-même. Et quelle que soit la quantité d'alcool absorbée en compagnie de types en costard-cravate au sourire

« ultra-bright » comme celui qui lui faisait face ce soir, il avait toujours l'impression de jouer un rôle. Il restait semblable à ces livres bidon à la couverture dorée mais vides de mots qui couvraient les murs de la bibliothèque du château familial.

— Ne vous retournez pas tout de suite, lui souffla l'avocat.

Matteo le dévisagea, surpris. Dos à la porte, il eut l'impression que le niveau de bruit autour d'eux avait grimpé d'un cran.

— Voici l'occasion de prouver que cet épisode absurde avec votre conseil d'administration ne vous a nullement touché.

— Je n'y pense plus depuis des mois, mentit-il. C'est de l'histoire ancienne.

— Peut-être. Mais là tout de suite, je peux vous assurer que c'est la question que se posent autour de nous tous ceux qui vous ont reconnu, répliqua l'avocat qui ne souriait plus.

Matteo se retourna sur son siège pour suivre son regard vers la porte donnant sur la rue.

Un groupe de personnes se saluaient. Elles s'écartèrent, et soudain il la vit.

Sarina.

Il se figea, commc tétanisé par une décharge électrique.

L'avocat continuait de jacasser, mais il l'entendait à peine.

Parce qu'elle était juste *là*. Et que c'était la véritable raison pour laquelle il avait décidé de s'arrêter à San Francisco. Même s'il prétendait que c'était uniquement pour affaires, il était venu ici pour la revoir.

Son visage était resté gravé dans son esprit depuis si longtemps maintenant qu'il avait fini par croire qu'il l'idéalisait. Aucun être vivant ne pouvait être aussi parfait qu'elle l'était dans son souvenir. Mais en la voyant, il se sentit pâlir et rougir tour à tour.

Jamais femme ne lui avait paru plus belle. Jamais femme n'avait exercé un tel effet sur lui. Hypnotisé, il était incapable de réprimer les battements désordonnés de son cœur. Il ne pouvait détacher son regard de Sarina. L'ovale admirable de son visage, son nez délicat, ses immenses yeux noirs, sa bouche sensuelle, la ligne de sa mâchoire, la courbe de ses seins…

Son regard avide s'immobilisa sur son ventre.

Cette nuit-là, il avait passé des heures à explorer ce corps de rêve, à l'apprendre par cœur dans ses moindres détails. Il s'était attardé sur le galbe de ses hanches, son nombril, la douce pente vers le cœur de son intimité entre ses cuisses.

Et cette fois-là, son ventre était plat. Pas rebondi comme il l'était à présent sous une robe qui en soulignait le renflement sans équivoque.

Sarina était *enceinte*.

Le mot lui fit l'effet d'une bombe, et il s'étonna presque d'être encore en un seul morceau.

Les jours précédents, il voyageait à travers le monde, traînant ses fantômes avec lui d'hôtel en hôtel, de bureau en bureau, l'esprit comme anesthésié. En l'espace d'une seconde, il reprit vie, bouillonnant d'une rage si profonde et si intense qu'il fut surpris que le bar autour de lui ne soit pas en miettes, que la terre n'ait pas oscillé sur son axe, que San Francisco même ne soit pas réduit en cendres.

Sans plus se soucier de son avocat, il se leva et se mit en marche, se frayant un chemin à travers la foule qui semblait s'écarter devant lui.

Il gardait les yeux rivés sur Sarina comme si elle risquait de se volatiliser. Comme si elle allait détaler en le voyant.

Il n'avait aucune idée de ce qu'elle pourrait faire. En revanche, lui savait ce qu'il allait faire.

Il nota l'instant précis où Sarina l'aperçut fonçant sur elle avec la précision d'un missile sur son objectif.

Elle s'interrompit en plein milieu de sa discussion avec le groupe, son beau visage traversé par une succession d'émotions. Des émotions trop nombreuses pour toutes les nommer, mais il en était une qu'il reconnut aussitôt.

La culpabilité.

Il vit rouge. Son cœur se mit à taper contre ses côtes. Douloureusement. Ces palpitations lui martelaient le crâne, mais rien n'aurait pu l'arrêter dans sa trajectoire. Pas même une crise cardiaque. Pas maintenant.

— Matteo…

Sur les lèvres de Sarina, son prénom ne fut qu'un murmure. Peut-être une supplique. Pour lui, c'était du pareil au même.

— Docteur Fellows, dit-il d'une voix qu'il reconnut à peine. Quelle surprise ! À plus d'un titre.

Elle s'écarta du groupe en les saluant de la main, sans pour autant le quitter des yeux. Parce que cette femme qui avait failli le démolir était tout sauf idiote.

Elle s'éclaircit la gorge.

— Matteo, je…

— Il me semble que les félicitations s'imposent, la coupa-t-il avec une douceur menaçante. Et si je calcule bien, je parie que je vais deviner très exactement de combien de mois tu es enceinte. Je fais fausse route ?

— Matteo, vraiment, je pense…

Il n'avait pas esquissé le moindre geste, mais elle s'interrompit net comme s'il avait tapé du poing sur une table. La colère en lui était si violente, si noire, si brûlante, qu'il avait l'impression que son champ de vision s'était réduit à un minuscule point lumineux avec Sarina pile au centre. Où qu'il aille, elle était là, occupant tout l'espace.

La garce.

— Sarina, ma petite chérie, dit-il presque gentiment. Je ne te le pardonnerai jamais.

10.

Sarina avait du mal à respirer.

Savoir que cet instant arriverait tôt ou tard aurait dû faciliter les choses. Eh bien, non. Elle était incapable de faire quoi que ce soit pour ralentir son cœur qui cognait dans sa poitrine comme pour en faire exploser les limites.

Le regard couleur d'orage de Matteo lançait des éclairs qui la foudroyaient. Et quand il lui désigna la porte d'un coup de menton, elle obtempéra sans protester et le précéda vers la sortie. Loin de tous ces gens qui s'apprêtaient sans doute déjà à alerter le monde entier que Matteo Combe et Sarina Fellows semblaient bien plus proches qu'ils n'auraient dû.

Dehors, la nuit sur San Francisco était fraîche et l'ambiance plus calme que dans le bar qu'ils laissaient derrière eux. Des bancs de brouillard rampant s'enroulaient autour des ombres, s'accrochaient aux lumières, enveloppant la ville d'une clarté sépulcrale qui rendait la situation plus redoutable encore.

Ou était-ce la présence de Matteo ?

Il paraissait plus grand, ses épaules plus larges. Sa bouche était réduite à une ligne sévère, furieuse. Et pourtant, elle mourait d'envie de sentir ses mains sur elle, de se nicher contre lui. Elle rêvait qu'il la prenne dans ses bras, qu'il l'emporte comme si elle n'était qu'une plume.

Jamais elle n'aurait imaginé désirer un homme à ce

point. Ces derniers mois, elle n'avait cessé de penser à lui. Le souvenir de ses caresses l'avait torturée nuit et jour, sans répit. Elle avait fait son possible pour l'oublier. Elle s'était sermonnée, s'était répété, juré qu'elle ne tomberait pas dans le piège du sentiment comme tant de femmes. Matteo Combe était son premier amant, voilà tout.

Voilà tout.

Mais la réalité était tout autre. Il suffisait qu'elle le revoie pour que son cœur se mette à cogner, pour qu'elle tremble, en proie au désir fou de se presser contre son corps et de s'ouvrir à lui. Elle détestait ces émotions animales qu'il éveillait en elle. Cette faim que personne d'autre ne pouvait apaiser. C'était totalement irrationnel, absurde. Et elle ne savait pas comment réagir.

— Comment vas-tu ? demanda-t-il du bout des lèvres, comme si poser la question lui coûtait.

Elle déglutit péniblement.

— Très bien, réussit-elle à répondre, la gorge serrée par une émotion qu'elle se refusait à admettre.

— Ravi de l'apprendre.

Chaque mot de Matteo claquait comme une gifle.

Il fit un signe au portier devant le bar. Quelques instants après, une limousine se gara le long du trottoir.

Sans un mot, il ouvrit la portière arrière, son regard sombre rivé sur elle, la dissuadant de se sauver.

— Écoute, commença-t-elle, essayant d'avoir l'air calme. Je comprends que ce soit un choc. Ça l'a été aussi pour moi. Mais il n'y a aucune raison de…

— Sarina. Si tu ne montes pas dans cette voiture *maintenant*, c'est moi qui t'y mettrais de force.

Il avait prononcé son prénom presque gentiment. C'était terrifiant. Car la détermination dans ses yeux indiquait clairement qu'il n'hésiterait pas à mettre sa menace à exécution.

Elle plissa les yeux, en quête d'une échappatoire,

mais elle n'en trouva aucune. Elle n'avait d'autre choix que d'obtempérer de crainte de se faire malmener, se dit-elle, furieuse, tout en étant consciente que, l'instant d'avant, elle rêvait de sentir les mains de cet homme sur son corps.

Elle s'engouffra à l'arrière de la limousine et s'assit dans un silence tendu, aussi loin de lui que possible, tandis qu'il s'installait à son tour sur la banquette. Une vibration dangereuse émanait de tout son être. Envahissante, menaçante.

Elle déglutit.

— Au début, j'ai confondu les nausées avec les symptômes d'une grippe intestinale, se surprit-elle à expliquer alors que la voiture s'insérait dans le flot de circulation.

La vitre de séparation avec le chauffeur était relevée, lui donnant l'impression d'être dans un confessionnal. À condition de faire abstraction de l'homme qui l'observait d'un œil assassin à l'autre bout de la banquette.

— Comme ces virus peuvent subsister longtemps dans l'organisme, je ne me suis pas inquiétée. Et quand j'ai fini par consulter un médecin, il m'a annoncé que j'étais enceinte de trois mois.

— Il te l'a annoncé aujourd'hui ?

Prise au dépourvu par le ton sarcastique de Matteo, elle tressaillit, sans pour autant baisser les yeux.

— Non. Mais…

— Mais tu n'as pas jugé bon de me prévenir. J'imagine que si je n'étais pas venu à San Francisco, si je ne t'avais pas croisée par hasard dans ce bar, tu n'aurais pas pensé à partager cette nouvelle avec moi ?

Mortifiée, elle s'obligea à inspirer et à expirer lentement pour garder le contrôle de ses émotions.

— Je ne sais pas, Matteo. A vrai dire, je commence juste à me faire à l'idée d'être enceinte. Je n'avais encore rien décidé.

— Ah bon ! Tu n'as pas encore pris de décision unilatérale concernant *mon* enfant ? C'est vraiment gentil de ta part. Je suis touché.

Blessée par son ironie mordante, elle détourna la tête.

— Ce n'est pas ton enfant.

La colère de Matteo enfla comme une vague sur le point de déferler.

— Sarina, je te déconseille fortement de me mentir en prétendant que je ne suis pas le père. Ose me dire que tu as perdu ta virginité avec moi et que tu as ensuite batifolé à droite à gauche pendant cette semaine fatidique.

Elle blêmit.

— Je voulais dire que ce n'est pas ton enfant, mais *tes* enfants, réussit-elle à articuler… J'attends des jumeaux.

Il y eut quelques longues secondes de flottement, signe que Matteo était sous le choc. Lentement, elle tourna de nouveau la tête vers lui.

Il la dévisageait fixement.

— Des jumeaux, répéta-t-il lentement, comme s'il entendait ce mot pour la première fois de sa vie.

— C'est pour ça que ma grossesse se voit déjà, marmonna-t-elle en baissant les yeux sur son ventre rebondi. À vrai dire, j'ai du mal à imaginer que j'attends deux bébés. Encore plus…

— Encore plus à partager la nouvelle avec leur père, ne put s'empêcher d'asséner Matteo. Je sais.

Elle croisa nerveusement les mains sur ses genoux, se débattant avec le sentiment de culpabilité qui lui nouait l'estomac.

Après tout, de quel droit l'agressait-il ainsi ? Elle ne lui devait rien. De toute façon, elle aurait fini par le lui dire. Évidemment qu'elle l'aurait prévenu.

— Tu étais en voyage, objecta-t-elle. Et je te rappelle que nous n'avions pas échangé nos numéros de portable.

— Ben voyons ! Toi qui es capable de pourchasser

un homme à l'autre bout du monde pour fouiller dans sa cervelle, tu veux me faire croire que tu ne savais pas où me trouver ? Je parie que tu as constitué un dossier complet sur moi pendant que tu t'organisais pour me dépouiller de mon entreprise, ricana Matteo, son regard gris lançant des éclairs. Dis plutôt que tu n'as pas essayé de me chercher.

Elle avait chaud, soudain. Très chaud. Comme si elle allait de nouveau être malade.

— Si, je l'aurais fait, protesta-t-elle faiblement.

Matteo éclata de rire. Un rire creux, amer. Blessant.

— Tu peux te raconter ce que tu veux, Sarina. Mais j'ai lu la vérité sur ton visage quand tu m'as aperçu dans le bar. Si tu avais pu garder le secret, tu l'aurais fait. Parce que, soyons clairs, tu es comme ça. Une femme sans états d'âme.

Blessée et furieuse, elle en oublia toute prudence, faisant fi de la tension volatile entre eux qui absorbait tout l'oxygène.

— C'est tout ce que trouve à dire l'homme qui m'a fait chanter pour que je couche avec lui ! lança-t-elle.

Matteo se retourna d'un bloc vers elle, si rapidement qu'elle en eut le souffle coupé. Mais il ne la toucha pas.

Il ne voulait pas la toucher, susurra une petite voix sous son crâne. Elle avait tout fait pour qu'il la déteste. Et elle n'aurait su dire pourquoi ça la rendait aussi malheureuse.

— Je suis le premier à confesser mes péchés, et je n'ai besoin de personne pour m'autoflageller, lui dit-il d'une voix basse et dure. Ceci étant, je ne t'ai pas fait chanter pour que tu couches avec moi. Je te rappelle que c'est toi la première qui a posé les mains sur moi. Pas l'inverse.

— J'étais vierge.

— Tu veux sans doute parler de cette conception rétrograde à connotation péjorative, typique des sociétés patriarcales ? ironisa Matteo, lui jetant ses propres paroles à la figure.

Elle sentit sa poitrine se serrer douloureusement. L'acuité de cette douleur qui la tenaillait la sidéra. Elle avait le sentiment que quelque chose d'infiniment précieux était en train de glisser entre ses doigts, et elle ignorait comment le retenir. Pour la première fois de son existence, la logique infaillible derrière laquelle elle s'était toujours protégée ne lui était d'aucun secours, ce qui ajoutait à sa détresse.

— Laisse-moi t'expliquer un truc, dit Matteo, plein d'une fureur contenue qui resserrait progressivement son étreinte autour d'elle. J'ai passé ma vie à essayer de ne pas être aussi impulsif que mon père, même si j'admirais sa capacité à faire avancer les choses et à obtenir des résultats. *Lui* prenait ce qu'il voulait sans se soucier des conséquences. Et je te garantis qu'il aurait réagi très différemment si la femme qu'il désirait s'était tirée en douce comme tu l'as fait. *Moi*, je me suis conduit de façon irréprochable.

Il lui parlait comme s'il était surpris qu'elle n'ait pas conscience de l'immense sacrifice qu'il avait consenti.

— « Irréprochable » ? s'étrangla-t-elle. Tu plaisantes, j'espère ! Je n'étais pas tenue de te laisser une note concernant les raisons pour lesquelles je ne voulais pas me réveiller dans ton lit.

— Tu ne t'es pas contentée de quitter mon lit, Sarina. Tu t'es sauvée comme une voleuse.

— Je ne te devais rien, Matteo. Et je ne vois toujours pas pourquoi j'aurais dû te laisser des explications.

Il se rapprocha, et une fois de plus, elle fut trahie par son propre corps. Ce corps qui se fichait qu'elle soit en colère contre cet homme et qu'elle se soit acharnée durant tous ces mois à faire comme s'il n'avait jamais existé. Ce corps qui n'avait qu'une obsession : Matteo

Combe. Qui le désirait comme un fou. Ici. Maintenant. N'importe où.

Lentement, Matteo se pencha pour lui souffler à l'oreille dans un murmure rageur :

— Tu peux te raconter ce que tu veux, Sarina, mais ne compte pas sur moi pour te croire. Je sais très exactement ce qu'il y a eu entre nous cette nuit-là. Et tu le sais aussi bien que moi.

Ce serait plus facile s'il s'écartait un peu afin qu'elle puisse respirer.

— Nous avons couché ensemble, c'est tout, répliqua-t-elle avec une petite moue dédaigneuse. Désolée si tu y as mêlé du sentiment.

Elle redressa le menton avec défi en voyant les pupilles de Matteo se dilater sous l'effet de l'incrédulité et de la fureur.

— Nous aurions peut-être dû en discuter avant de passer à l'acte, crut-elle bon d'ajouter, histoire d'enfoncer le clou. Je t'aurais dit qu'il était peu probable que j'éprouve quoi que ce soit pour un homme qui menace de détruire ma réputation professionnelle en suspendant une épée de Damoclès au-dessus de ma tête pour me faire chanter.

Elle aurait été bien incapable de nommer la succession d'émotions qui traversa le beau visage de Matteo. Et ce qui la terrifiait, c'était justement de ne pas savoir les lire. Parce qu'elle aurait voulu tout connaître de lui, ce qui en disait long sur ses véritables sentiments à son égard. Ces sentiments qu'elle préférait ranger dans un coin de son cerveau derrière une porte verrouillée empêchant tout examen approfondi.

Elle s'était parjurée. Elle avait sali la mémoire de Jeanette. Elle avait agi comme une idiote en laissant cet homme l'approcher. De tout ceci, elle était parfaitement consciente. Ce qu'elle ne comprenait pas – et qu'elle préférait ne pas comprendre – c'était pourquoi elle continuait. Pourquoi elle désirait tant le revoir. Pourquoi elle se réveillait chaque nuit, les joues brûlantes, la tête pleine d'images de lui. Des images si réelles qu'il lui fallait allumer sa lampe de chevet pour s'assurer qu'il n'était pas là, près d'elle.

— Je ne vais pas me disputer avec toi, déclara Matteo quand le silence se fut suffisamment étiré entre eux pour en faire une arme. Mais tu vas vite comprendre qu'il te sera difficile de me filer entre les doigts, cette fois. Parce que je n'ai pas l'intention de fuir mes responsabilités de père, Sarina. Te voilà prévenue.

Elle voulut répliquer, mais sa gorge était trop serrée pour proférer un seul son – comme si Matteo avait mis ses mains autour de son cou. Et il y avait certainement quelque chose qui clochait chez elle, parce qu'elle n'aspirait qu'à ça. Elle n'aspirait qu'à sentir de nouveau ses mains sur sa gorge et sur tout son corps.

Tant pis pour les conséquences. Tant pis pour le prix à payer. Tant pis pour les regrets.

Matteo ne l'emmena pas à l'hôtel. Il ne la ramena pas non plus chez elle, dans l'appartement qu'elle occupait quelques nuits par mois entre deux missions. Ils prirent la direction d'un aérodrome. Lorsqu'ils furent arrivés là, Matteo lui fit signe de descendre de la limousine et désigna de la tête un jet privé dans lequel il s'attendait manifestement à ce qu'elle embarque pour l'emmener où bon lui semblerait.

Elle envisagea de faire une scène sur le tarmac. De se mettre à hurler en tapant du pied. Mais à quoi bon ? Il n'y avait personne ici pour l'aider. Juste le sempiternel état-major de Matteo Combe.

Son état-major, son regard d'acier et les mauvaises décisions qu'elle avait prises.

Elle n'avait d'autre choix que de monter à bord de l'appareil, de s'asseoir dans le siège qu'il lui indiquerait et d'attendre de voir ce qu'il allait se passer.

*
* *

Le vol dura toute la nuit.

Si Sarina avait espéré une nouvelle passe d'armes ou un quelconque contact avec Matteo, elle en fut pour ses frais. Dès le décollage, Matteo avait disparu dans la cabine du fond. Il n'en émergea qu'au moment où l'avion amorçait sa descente sur une chaîne de montagnes couronnées de crêtes blanches.

— Je peux savoir où nous arrivons ? questionna-t-elle quand il vint s'asseoir à côté d'elle pour l'atterrissage. Ou bien ça fait partie de ma punition ?

Matteo ne répondit pas tout de suite, et sous son regard plus sombre que jamais, elle détourna la tête, s'efforçant d'afficher une indifférence qu'elle était loin de ressentir mais qui constituait son seul moyen de défense.

Elle ne devait pas laisser ce regard s'insinuer sous sa peau et creuser une brèche dans son barrage défensif. Ses émotions étaient de plus en plus difficiles à maîtriser. Certainement un effet secondaire du bouleversement hormonal lié à la grossesse.

— Les San Giacomo ne possèdent pas seulement un palais à Venise, finit-il par préciser avec une morgue tout aristocratique. Il y a plusieurs siècles, ils ont fait l'acquisition d'un monastère dans les Dolomites. Il s'agit d'une forteresse accessible seulement après plusieurs jours de marche sur des chemins de randonnée escarpés. Ou par hélicoptère. Nous allons en prendre un sous peu.

Alarmée, elle tourna de nouveau les yeux vers lui.

— Autrement dit, tu as l'intention de me séquestrer ?

Il haussa les épaules avec un petit sourire cruel.

— Si tu veux.

— Je suppose que tu es conscient que tout le monde m'a vue avec toi dans ce bar ? Si je disparais de la surface de la terre, tu seras le premier à qui on viendra demander des comptes.

— Encore faudrait-il qu'on sache où me trouver.

Son regard gris était impassible, et le pli dur de sa bouche trahissait sa détermination.

Ulcérée, elle serra les dents pour ne pas hurler, tout en priant pour que son cœur cesse de cogner comme un forcené contre ses côtes comme si lui aussi ne pensait qu'à se sauver.

Quand le train d'atterrissage toucha le sol, elle déglutit péniblement.

Il était inutile de braquer davantage Matteo en refusant de sortir du jet ou d'embarquer à bord de l'hélicoptère qui les attendait sur l'aérodrome, totalement désert par ailleurs.

Mais une heure plus tard, quand l'hélicoptère se posa derrière de hautes murailles médiévales dressées à flanc de montagne, elle s'en voulut de ne pas avoir tenté de résister.

Ici, il n'y avait rien. Rien d'autre que son châtiment. Et cet homme sinistre à côté d'elle qui ferait tout pour qu'elle n'y échappe pas.

— Ressaisis-toi, marmotta-t-elle entre ses dents, tandis que le bruit des rotors s'éloignait dans le ciel.

S'il l'entendit, Matteo ne le montra pas. Il traversa la petite esplanade en direction d'une bâtisse antédiluvienne enchâssée dans la roche. Et là encore, elle ne vit d'autre issue que de le suivre. Sauf à vouloir rester plantée dans cet endroit lugubre à grelotter de froid sous les rafales d'un vent glacial, en attendant que la neige tombe. Ce qui semblait fort probable à cette altitude, même si l'on était au printemps.

Ravalant son exaspération, elle lui emboîta le pas, s'attendant à ce que l'intérieur du monastère soit aussi austère que l'extérieur – c'est-à-dire plus ou moins semblable à la prison d'Alcatraz. Aussi, elle ouvrit de grands yeux quand Matteo poussa la lourde porte de bois et d'acier pour la laisser entrer dans une vaste salle voûtée où tout n'était que… Confort et harmonie.

L'accent avait été mis sur la simplicité d'un mobilier moderne s'intégrant à merveille à l'architecture d'époque. Çà et là, des toiles contemporaines apportaient des notes de couleurs vives. Chaque objet, chaque meuble était disposé avec un goût parfait. Au sol, le dallage était recouvert d'épais tapis aux motifs chamarrés qui faisaient de cette forteresse bâtie à l'écart du monde, dans la crainte de Dieu ou des envahisseurs, un endroit intime et accueillant.

« Merveilleux », fut-elle à deux doigts de murmurer.

Il n'y avait cependant aucune raison pour que cette atmosphère la touche, si ce n'est que, une fois de plus, Matteo Combe avait trouvé le moyen de la surprendre pour mieux la déstabiliser.

Il la précéda le long d'un couloir, puis dans une volée d'escaliers. Aux murs, des appliques projetaient des lumières donnant un éclat doré à la pierre.

Son ravissement fut à son comble quand il la fit entrer dans une chambre avec vue sur les cimes enneigées.

Autrefois, des hommes austères vivant dans un sacrifice quotidien s'étaient penchés à ces fenêtres en ogive, songea-t-elle, subjuguée malgré elle. Aujourd'hui, il y avait l'électricité dans la pièce, et un feu crépitait joyeusement dans la cheminée. L'ambiance était douce et chaleureuse.

Mais quand elle se retourna vers l'homme qui l'avait amenée là, l'impression de douceur disparut.

L'expression du visage de Matteo restait dure. Sévère.

Elle s'était raconté beaucoup d'histoires pour comprendre et justifier ses réactions à son égard. Mais ce qu'elle n'arrivait toujours pas à expliquer, c'était pourquoi son regard gris suffisait à éveiller en elle des sentiments aussi complexes et tenaces.

— Charmant comme endroit, lâcha-t-elle, mesurant que seul un murmure avait franchi ses lèvres quand les murs de pierre renvoyèrent le faible écho de sa voix. Mais ça reste une prison.

— Peut-être devrais-tu le voir comme un lieu de retraite propice à la méditation.

— En règle générale, on peut difficilement qualifier un kidnapping de retraite, si plaisant soit l'environnement.

— Kidnapping, répéta lentement Matteo.

Posément, il la détailla des pieds à la tête, l'enveloppant dans son regard. Et cela aurait pu être doux et délicieux s'il s'était agi d'un autre homme. S'ils avaient été tous deux des personnes différentes.

— D'ordinaire, le kidnapping implique l'usage de la force, non ? Je ne me souviens pas t'avoir bâillonnée et mis un sac sur la tête, ni t'avoir poussée dans le coffre de ma voiture, Sarina. Je ne me souviens pas non plus t'avoir entendue refuser de monter dans le jet. Ni même dans l'hélicoptère qui nous a déposés ici.

Elle émit un petit reniflement de mépris.

— Je n'ai pas eu l'impression que tu me laissais le choix. Je me suis sentie *forcée* de te suivre.

Matteo afficha une expression faussement compatissante.

— Tu te trompes. Ce n'est pas la contrainte qui t'a amenée ici, c'est ta conscience. Parce que tu te sens coupable de m'avoir caché ta grossesse.

Ses paroles lui nouèrent l'estomac, la mettant au bord de la nausée, preuve qu'il était plus proche de la vérité qu'elle voulait bien l'admettre.

— Bravo, dit-elle au bout d'un moment, le temps de se ressaisir et d'affermir sa voix. Maintenant que tu m'as amenée ici, dans cet endroit perdu au milieu de nulle part, on fait quoi ?

Immobile sur le seuil de la chambre, Matteo avait l'air parfaitement détendu à présent, mais son petit sourire en coin lui fit dresser les cheveux sur la tête.

— Tu as raison de poser la question. Tu m'as psychanalysé, tu as fouillé dans mon espace mental, Sarina. À mon tour de te rendre la pareille.

— Je suis formée à la psychiatrie. Pas toi, souligna-t-elle, tentant de se persuader que c'était uniquement pour des raisons professionnelles que son pouls s'accélérait.

— Je saurai me débrouiller, ne t'inquiète pas.

Matteo se tut et attendit.

Jusqu'à ce qu'elle cille de peur, qu'elle cesse de réfléchir à une échappatoire, capitule sous son regard impassible et se tienne plantée là au milieu de la chambre, souhaitant de toutes ses forces pouvoir se téléporter à San Francisco et ne pas se retrouver dans cette situation absurde.

L'appréhension enflait en elle, s'intensifiant de seconde en seconde. Puis elle s'abattit sur elle, semblable au vent glacial descendu des sommets, la bousculant, s'insinuant sous sa peau.

— On dirait une condamnée montant à l'échafaud, ironisa Matteo. Pas de panique, Sarina. Je n'ai pas l'intention de te couper la tête. Je veux simplement voir ce qu'elle contient.

Elle esquissa un sourire contraint.

— Je ne panique pas. Simplement, je doute que tu veuilles me psychanalyser pour m'annoncer que je suis une personne merveilleuse.

— Voilà qui en dit long sur la façon dont tu conçois ton métier d'experte, n'est-ce pas ?

L'éclat tranchant de son regard la dissuada de répondre.

— Commençons par ce que je sais de toi, Sarina. Tu as du bagout. Tu tiens de beaux discours en prétendant œuvrer pour le bien des femmes. Mais au final, tout ce que tu sais faire, c’est croupir dans ton chagrin et ton amertume.

Elle blêmit. Sous ses pieds, les plaques tectoniques oscillaient, se déformaient. Confusément, elle se dit qu’elle devrait se mettre à l’abri. Mais elle voyait bien que les murs ne tremblaient pas et que rien ne bougeait.

Ce qui signifiait que le séisme était en elle. Que c’était elle qui était en train de voler en éclats.

— Qu’arriverait-il…, demanda Matteo d’une voix indolente, aux antipodes de la détermination sur son visage et de la tempête dans son regard d’acier. Qu’arriverait-il, Sarina, si tu décidais plutôt de vivre ?

11.

Matteo n'avait pas prévu d'amener Sarina au monastère. C'était un lieu réservé uniquement aux San Giacomo. Un refuge qu'aucun des siens n'avait jamais partagé avec le monde extérieur.

Son premier réflexe avait été de la ramener à Venise, là où tout avait commencé, pour boucler la boucle et voir où ça les mènerait. Mais ensuite, tandis qu'ils roulaient à travers les rues de San Francisco en direction de l'aéroport, il s'était mis à ruminer des idées noires, habité par une colère froide. Quand ils étaient montés à bord de son jet privé, il s'était aussitôt isolé dans une cabine séparée, loin de Sarina, de crainte de succomber à ses charmes. De crainte peut-être que le désir n'anesthésie sa colère.

Cette colère, il voulait l'entretenir, avait-il compris au bout d'une heure de vol, alors qu'il tournait en rond dans l'espace exigu à l'arrière du jet en imaginant tous les stratagèmes auxquels Sarina aurait probablement eu recours pour continuer à lui cacher ses enfants, si le hasard n'en avait pas décidé autrement en le mettant sur sa route.

Il sentait la rage flamber en lui tel un incendie, et la tentation était grande de plonger dans le brasier pour alimenter lui-même les flammes de sa colère, comme l'avaient fait tous les Combe avant lui. Après tout, c'était peut-être la seule chose qu'il savait faire lui aussi : cultiver sa rancœur de la même façon que Sarina cultivait son chagrin.

À présent, entre ces murs de pierre austères au cœur des Dolomites, Sarina n'avait toujours pas répondu à sa question. Elle se contentait de le dévisager, pâle comme la mort, le regard tourmenté.

— Tu m'as trompé, Sarina.

Les mots sur ses lèvres étaient aussi pesants que les pierres autour d'eux. Aussi menaçants que les montagnes les encerclant.

— Or, quand on trompe quelqu'un, il y a forcément un prix à payer. Dans ma famille, c'est comme ça.

Sarina battit des paupières, et sa bouche magnifique se tordit légèrement en une moue dédaigneuse.

— Se retrouver coincée sur un piton rocheux au milieu de nulle part, sans possibilité de redescendre si ce n'est en hélicoptère ou avec l'aide d'un sherpa, ça me semble un prix un peu excessif.

Cependant, elle n'avait plus l'air aussi bravache et sûre d'elle. Il avait remarqué la façon dont ses paroles l'avaient touchée. Visiblement, elle était encore sous le choc. Et il tenait suffisamment de son paternel pour exploiter cette faille.

— Lorsque je dresse la liste de mes péchés pour faire mon mea culpa, j'en reviens toujours à mon choix de départ, reprit-il. Tu sais à peu près tout ce qu'il y a à savoir sur mon père. De l'autre côté de l'équation, il y avait ma mère. Elle se battait elle aussi à coups de scandales, d'infidélités et d'excès d'alcool. Mais le plus souvent, elle s'évadait.

C'était ce à quoi il n'avait cessé de penser toute la nuit, durant le vol entre San Francisco et l'Italie.

— Tu veux dire qu'elle partait ?

Il s'assombrit.

— Quand elle s'évadait, ma mère ne claquait pas la

porte. Non, c'était plutôt comme si elle s'enveloppait de grisaille et disparaissait. Ça rendait mon père fou de rage.

Il se souvenait d'elle enveloppée dans un plaid, étendue sur un divan, le regard perdu dans le vide. Muette, sans réaction. Plus vraiment là.

— Tu lui en veux ?

— Non, c'est *à* moi que j'en veux, répondit-il avec une franchise qui le surprit lui-même. Je pensais avoir le temps. Je croyais que mes parents finiraient par devenir adultes et que j'avais des années devant moi pour les comprendre. Pour analyser les raisons de leur comportement. Mais ils ont emporté leurs secrets dans la tombe. Je ne saurai jamais si ma mère s'évadait parce qu'elle détestait mon père… Ou si c'était moi qu'elle haïssait.

— Matteo…, murmura Sarina, le cœur dans la gorge.

Il secoua la tête.

— Ça n'a plus vraiment d'importance. Très jeune, j'ai compris que mes choix étaient clairs. Rendre coup pour coup ou disparaître. Devine ce que j'ai choisi ?

Il la vit chanceler comme si les dalles sous ses pieds tanguaient. Puis elle porta une main délicate à son cou et pressa les doigts au creux de sa gorge, là où chaque battement de son pouls trahissait des vérités qu'il la soupçonnait de vouloir garder exclusivement pour elle, derrière une porte cadenassée dont il avait pourtant l'intention d'obtenir la clé.

— Rien ne t'oblige à agir comme ton père, observa-t-elle d'une voix si dépourvue de son mordant habituel qu'il aurait presque pu croire à une trêve.

Presque.

— Toute ma vie, je me suis félicité de ne rien ressentir, poursuivit-il, sûr de lui à présent. Les émotions ont toujours été un mystère pour moi. Durant mon enfance, elles m'ont bousculé, chahuté, secoué en tous sens. Alors, je les ai fait taire. Du moins, c'est ce que je croyais.

C'était comme si le voile qui l'avait aveuglé toutes ces années se déchirait et qu'il voyait clair à présent. Et ce qu'il voyait, c'était Sarina.

Sarina avait les yeux un peu trop brillants, mais elle gardait la tête haute.

— Si c'est ta façon de me faire comprendre que je t'ai blessé en te cachant que j'étais enceinte…

— Je m'occupe des affaires de famille, l'interrompit-il. Je dirige l'entreprise bâtie par mes ancêtres paternels. Tu me connais uniquement parce que j'ai choisi de défendre l'honneur de ma sœur lors des funérailles de notre père. Nous sommes ici dans un monastère datant du Moyen Âge où l'un de mes ancêtres maternels copiait des textes sacrés sur des parchemins. Quoi que je fasse, où que j'aille, la famille est là, ancrée en moi. C'est toute ma vie.

— Matteo…

Son nom sur les lèvres de Sarina sonnait comme une supplique, mais il l'ignora.

— Alors, tu comprendras que je t'en veuille d'avoir voulu me cacher que j'allais bientôt être père. Que j'allais avoir mes propres enfants. Ma propre famille…

Sarina s'empourpra, et il se souvint que ce n'était pas ce qu'il voulait. Il n'était pas venu ici pour se battre avec elle. Il en avait marre. Ce genre de scène, il y avait assisté des milliers de fois entre ses parents. C'était toujours la même chose. Le même tour de montagnes russes, le même chariot sur les mêmes rails, dévalant la pente vers nulle part.

— Matteo, insista-t-elle. Je sais que tu penses…

Il leva une main pour la faire taire.

— Je connais la chanson. Tu vas me reprocher mon chantage, je te renverrai la balle avec ton expertise fallacieuse. Je te parlerai ensuite de ta grossesse.

Il fit un signe de tête en montrant le ventre de Sarina et les enfants – *leurs* enfants — qu'elle portait. L'avenir.

Débarrassé des brutes et des conspirateurs. Débarrassé des fantômes du passé.

— Bien entendu, tu vas me dire que tu aurais fini par me l'annoncer. Mais là encore, je ne saurai pas si je dois te croire. On peut continuer à se disputer ainsi, jour après jour, mois après mois, année après année, jusqu'à ce que nos enfants aient grandi et finissent par nous ressembler. C'est ce que tu veux, Sarina ?

Elle ne lui avait jamais paru plus belle qu'en cet instant, vibrante et si réelle. Elle n'était pas un fantôme, un simple souvenir qui le torturait. Elle était bel et bien là sous ses yeux. En chair et en os.

— Ce n'est pas à moi qu'il faut poser la question, répondit-elle d'une voix éraillée. C'est à toi. Tu as dit que tu ne me pardonnerais jamais. Je peux comprendre et assumer. Sauf si tu comptes m'agresser chaque fois que nous nous croiserons.

— « Chaque fois que nous nous croiserons » ? répéta-t-il comme s'il ne comprenait pas le sens de ces mots.

Sarina fit un geste vague de la main.

— Eh bien, oui. Si tu tiens à assumer tes responsabilités de père, nous serons forcément amenés à nous croiser selon les modalités de l'accord que nous établirons pour la garde des enfants. Week-ends partagés, droit de visite.

Ces dernières heures, il avait compris quelque chose d'essentiel : ce qu'il avait d'abord pris pour un accès de rage pure, cette vague incandescente qui avait failli le submerger quand il avait aperçu Sarina dans ce bar de San Francisco, ce n'était pas que de la colère. C'était un mélange d'émotions bien plus complexe.

De la peur, surtout. Peur d'être condamné à répéter les erreurs commises par ses ancêtres et ses propres parents. Peur de ce désir complètement fou de poser les mains sur cette femme, d'explorer son corps, de la caresser. Et pas seulement parce que ses enfants grandissaient en elle.

Plus terrifiant encore et bien plus profond, il y avait cette joie intense, indicible, qu'il éprouvait de l'avoir retrouvée.

— Et si je te dis que je ne veux pas d'accord pour la garde des enfants, ni de week-ends partagés, ni de droit de visite ?

Il vit Sarina se pétrifier et plaquer les mains sur son ventre comme pour le protéger. Comme si elle avait peur de lui.

— Si tu penses pouvoir m'enlever les enfants, tu te trompes, lança-t-elle. Je me battrai bec et ongles pour les garder.

Cette réaction aussi lui était familière. Ça lui rappelait les nuits d'angoisse, quand il était enfant. Toute cette tension insupportable quand les murs résonnaient des paroles terribles que ses parents se hurlaient à la figure. Il ne voulait pas croire qu'il était condamné à répéter ce même schéma sordide.

Il traversa la pièce sans la quitter des yeux, le cœur battant.

— Sarina… J'ai passé ces derniers mois seul dans des chambres d'hôtel, fatigué par le décalage horaire, perdu dans des villes étrangères. Et mon seul point fixe, mon unique constante, c'était *toi*.

Elle entrouvrit la bouche pour dire quelque chose, puis la referma, frappée de mutisme.

Il tendit la main et caressa l'encre soyeuse de sa chevelure. Parce qu'elle était là. Parce qu'elle était la réalité. Parce qu'il en avait terminé avec les fantômes.

— Où que j'aille, quoi que je fasse, je ne cessais de penser à cette nuit. À toi, Sarina. À nous.

— Tu devrais sans doute passer plus de nuits comme celle-ci, marmonna-t-elle.

Ces paroles étaient insolentes, dédaigneuses, mais il pouvait lire sa vulnérabilité dans ses yeux noirs.

Il laissa sa main glisser lentement le long de sa tempe, vers sa joue. Et, l'espace d'un instant, il sentit Sarina s'abandonner contre sa paume. Le temps d'une respiration, puis d'une autre. Preuve qu'il n'avait pas créé ses propres fantasmes là-bas, dans ces chambres d'hôtel dont le souvenir s'enchevêtrait dans son esprit. Qu'il n'avait pas rêvé la façon dont leurs corps s'accordaient si bien, ni ce qu'elle avait ressenti.

— Le problème, dit-elle en s'écartant de lui, c'est que je ne te crois pas.

— Sarina…

— Tu as fait une vidéo compromettante pour moi. Tu as menacé de la diffuser si je ne faisais pas ce que tu voulais. Je me suis exécutée, mais rien ne t'empêche de la ressortir quand ça t'arrangera. Et n'essaie pas de me faire croire que tu l'as détruite. Nous vivons dans un monde numérique où rien ne s'efface vraiment.

— Il me semble cependant que le simple fait que tu portes mes enfants suffit à prouver que notre relation n'est pas strictement professionnelle. Je ne suis pas certain que, à ce stade, la diffusion de cette vidéo puisse avoir une quelconque importance. Elle ne constitue plus une menace pour toi.

— Tu sais très bien qu'elle peut mettre en péril ma carrière professionnelle. Or, elle est entre tes mains. Et j'ai du mal à croire que cette…

Comme elle balayait la chambre du regard, il perçut davantage encore sa fragilité dans ses prunelles sombres.

— … cette charmante forteresse perdue dans les montagnes, au décor digne d'un conte de fées, n'est pas un autre de tes pièges pour obtenir de moi ce que tu veux.

Il résista à l'envie de poser à nouveau ses mains sur elle pour lui rappeler qu'il possédait un arsenal sensuel bien plus efficace qu'une vidéo pour la manipuler.

— Que crois-tu que je veuille obtenir de toi, Sarina ?

— Des descendants, soupira-t-elle comme si c'était une calamité. Comme toutes les grandes familles, je suppose, les Combe et les San Giacomo sont obsédés par la continuité de leur lignée familiale. Toi aussi, tu veux tes héritiers. Je parie que tu as passé tout le vol à te demander comment m'amener à te donner les enfants afin que tu puisses les façonner à ton image.

— Tu n'as pas à les donner à qui que ce soit…

Ignorant l'étau dans sa poitrine, il la dévisagea.

— Je veux t'épouser, Sarina.

Le petit rire plein d'amertume qu'elle laissa échapper n'était pas vraiment ce qu'il espérait.

— Tu m'étonnes ! Ce serait un sacré bon point pour toi. Non seulement tu épouses la femme qui a essayé de te démolir – une preuve d'abnégation de ta part qui, dans le même temps, remet en question les résultats de mon expertise et mon professionnalisme –, mais surtout, tu t'assures que les enfants porteront bien ton nom. Tout le monde sait que c'est la raison de vivre des gens comme toi.

Cette fois, il n'essaya pas d'argumenter. Ignorant la provocation, il secoua la tête.

— Je vais t'expliquer d'une façon que tu comprendras peut-être mieux, dit-il calmement. Donne-moi ton téléphone.

Soupçonneuse, elle fronça les sourcils, et il s'étonna de trouver sa méfiance aussi attendrissante, alors même qu'il en était la cible.

— Pour que tu puisses le jeter du haut du rempart et le regarder s'exploser au sol en mille morceaux ? Pourquoi ferais-je une chose pareille ? lança-t-elle avec un petit reniflement méprisant.

— Ton téléphone, Sarina.

C'était un ordre.

Sa jolie mâchoire prit une expression butée tandis

qu'elle plongeait la main dans sa poche avant de le lui tendre avec un soupir agacé.

Il pianota quelques secondes avant de le lui rendre.

— Dirige-le sur moi. Il est en train de filmer.

Elle fronça les sourcils, le regarda, baissa les yeux sur le téléphone dans sa main et les releva de nouveau sur lui, tout en pointant l'objectif sur son visage.

— Je n'ai pas passé tout le vol à me demander comment j'allais te manipuler, commença-t-il d'une voix ferme. J'ai plutôt réfléchi à ce que je voulais.

— Tu dis ça comme si c'était deux choses distinctes. Ce qui n'est pas le cas dans ton mode de fonctionnement.

Là encore, il ne releva pas la pique. Il se contenta de poursuivre.

— L'héritage familial est important pour moi, c'est vrai. Je ne le nie pas. Mais il est constitué essentiellement de biens matériels. Un empire industriel possédant des filiales dans le monde entier, de belles demeures, des palais et même un monastère. Mais il existe une grande différence entre un patrimoine et l'héritage familial fondé sur les liens du sang.

— J'aurais juré que c'était la même chose dans ton monde.

Une fois de plus, il ne s'offusqua pas de son petit coup de menton provocateur. Ni de sa main libre refermée en un poing. C'était simplement la preuve à ses yeux qu'il n'était pas le seul entre ces murs à vivre avec des fantômes.

— Le mariage de mes parents était replié sur le passé, continua-t-il. Je l'ai compris seulement la nuit dernière. Il n'y avait pas de pardon pour les erreurs commises, il n'y avait pas d'avenir. Ils ressassaient les vieilles querelles, les vieilles rancœurs, les vieilles trahisons.

Il marqua une pause.

Il mourait d'envie d'aller vers Sarina, de la serrer dans

ses bras. Mais il se contint. Il devait faire attention à sa main qui tremblait tandis qu'elle filmait. Il devait faire attention à la façon dont ses joues s'empourpraient. Il devait y croire. Il devait croire en elle. En eux.

— Tu portes mes enfants, reprit-il d'une voix dont l'intensité ne trahissait pas le dixième du feu qui brûlait en lui. Grâce à toi, je vais être père. Et moi qui ai passé ma vie à tout faire pour ne pas ressembler au mien, ma première réaction en découvrant ta grossesse a pourtant été la colère. C'est vrai, je ne pensais qu'à me venger de toi. Mais crois-moi, Sarina, je ne veux pas être cet homme-là.

— Pourquoi fais-tu ça ? murmura-t-elle.

Il ne savait si elle parlait de la vidéo qu'il lui demandait d'enregistrer ou bien du fait qu'il l'ait amenée ici, à l'écart du monde. Mais c'était sans importance, parce que lui qui s'était juré de ne jamais se soumettre à personne, de ne jamais rien ressentir, il s'agenouilla devant elle et laissa son cœur parler.

— Tu m'obsèdes depuis le jour où je t'ai vue pour la première fois, dit-il en plongeant dans ses yeux sombres. Une seule nuit passée avec toi n'était pas assez et ne le sera jamais. Je crois que je suis tombé amoureux. J'entends ta voix dans ma tête. Je rêve de toi chaque soir, et quand j'ouvre les yeux, je reste allongé à revivre chaque instant passé ensemble.

— L'obsession n'est pas de l'amour, marmonna Sarina.

— Il me semble que nous avons cinq bons mois devant nous pour y réfléchir.

Il leva les mains vers elle comme pour l'implorer.

— Sarina, je ne veux pas t'épouser parce que tu es enceinte. Je veux t'épouser parce que tu me fascines. Parce que tu n'as pas peur de moi. Parce que je te trouve belle à mourir et que je te désire comme un fou. Voilà des semaines que j'essaie de me persuader que cette obsession, comme tu dis, va disparaître. Que je vais finir par t'oublier. Mais je n'y crois plus. Si j'ai atterri à San Francisco, ce n'était pas par hasard. Je ne pensais qu'à te retrouver.

— Je te rappelle que tu m'as d'abord fait chanter et que tu viens de m'amener ici de force. Ça s'appelle un enlèvement, Matteo. Où crois-tu que ce genre de relation va nous mener ?

— Aucune idée, répondit-il simplement. Tout ce que je sais, c'est que, avant toi, je me croyais incapable de ressentir quoi que ce soit. Maintenant, c'est tout le contraire.

Sarina haussa les épaules avec un petit soupir agacé, mais il ne baissa pas les bras pour autant.

— Quand ma mère est morte, j'ai fait comme si ça ne m'affectait pas. Elle avait toujours été si distante, si froide à mon égard. Je me disais que ça ne me touchait pas parce que je ne voulais pas que ça me touche. Mais aujourd'hui, je me demande si c'était elle le problème ou si, tout simplement, c'est moi. Je ne sais pas si elle aurait pu changer, choisir d'être une autre femme, une autre mère. En revanche, moi, j'ai le choix. J'ai choisi d'être l'homme que je suis. Je ne sais pas comment faire pour devenir meilleur, Sarina, mais j'aimerais vraiment essayer…

Ses mains étaient toujours tendues vers elle.

— Veux-tu essayer avec moi ?

C'est alors qu'il les vit. Les larmes qui roulaient sur les joues de Sarina. Elle laissa retomber sa main qui tenait le téléphone et l'expression sur son beau visage lui serra le cœur.

Elle avait l'air vaincue. Elle, Sarina Fellows, une battante comme il n'en avait jamais vu.

Ce fut d'une toute petite voix qu'elle lui répondit. Une voix qui lui fit aussi mal que les mots qu'elle disait.

— J'ai essayé. J'ai vraiment essayé, Matteo. Mais je n'y arrive pas. Tout ce que je sais faire, c'est croupir dans mon chagrin. C'est toi-même qui me l'as dit, et tu n'avais pas tort.

12.

Sarina percevait l'angoisse dans sa propre voix. Elle la sentait tapie dans les recoins de son esprit, cette angoisse qui ne la quittait pas et qui ne lui laisserait jamais de répit, elle l'avait compris depuis longtemps.

Matteo était toujours agenouillé devant elle, si fier et si beau.

— Tu aimais ton amie, dit-il doucement, avec dans son incroyable regard couleur d'argent une sorte de gentillesse qu'elle n'était pas certaine de pouvoir supporter. Tu dis qu'elle était comme une sœur pour toi. Crois-tu vraiment qu'elle t'en voudrait si tu décidais de passer à autre chose ?

Elle ferma brièvement les yeux, et ce qui franchit ses lèvres n'était pas un rire parce que c'était trop triste, trop empli de regret. Plutôt un sanglot jailli du plus profond d'elle-même. Elle n'aurait su dire la différence.

— Tu t'es accrochée à son souvenir pendant toutes ces années, poursuivit-il d'une voix apaisante, comme s'il essayait de la consoler.

Et il y avait cette douceur traîtresse au fond d'elle qui la poussait à croire qu'il pourrait réussir si elle le laissait faire.

— Tu as largement honoré sa mémoire, Sarina. Il est temps pour toi de faire autre chose que de la pleurer.

— Je lui en voulais tellement… J'étais en colère contre elle.

Il lui fallut quelques secondes pour prendre conscience que c'était elle qui venait de parler. Que ces mots étaient sortis de sa bouche, dévoilant son secret le plus noir, semblable à une cicatrice hideuse au fond de son cœur. Ce secret qui enlaidissait son âme.

Ces mots, elle ne les avait jamais prononcés à voix haute. Et maintenant que c'était fait, elle avait l'impression de partir à la dérive. Les mots se déversèrent comme si le regard gris de Matteo leur intimait de sortir.

— Je n'aimais pas cet homme. Je l'ai détesté dès le premier jour, et je ne me suis pas gênée pour le faire savoir à Jeanette. Je la trouvais idiote de croire qu'il voulait ce bébé. Quand elle m'a appelée en larmes depuis cette chambre d'hôtel, j'ai essayé de l'aider. Ce qu'il lui avait fait était si horrible. Tellement cruel.

De nouveau cette sorte de sanglot qui enflait dans sa gorge, menaçant de s'échapper.

— Mais qu'espérait-elle ? dit-elle d'une voix brisée.

Elle secoua la tête pour chasser les images de cette journée atroce qui l'assaillaient sans répit, lui rappelant qui elle était. Qui elle était *vraiment*.

— Tu trouves que j'ai l'air d'une amie, Matteo ? D'une sœur ? Non. Je ne le suis pas. Je me suis disputée avec Jeanette au moment où elle avait besoin de mon amour et de ma compréhension. Elle était en train de perdre son bébé, et j'étais en colère contre elle. Voilà la femme que je suis.

Elles étaient si complices, si proches, que leurs disputes explosives se terminaient dans les rires et les embrassades avec une opération commando sur un pot de crème glacée. Elles n'hésitaient pas à se lancer des mots durs « par honnêteté ». Parce que la famille, c'était fait pour ça. Même si leurs parents ne leur criaient jamais dessus – il aurait fallu pour cela qu'ils s'aperçoivent de leur existence.

Mais là, les mots avaient jailli entre elles avec la violence d'une lame, et leur dispute s'était envenimée.

— À quoi tu t'attendais ? avait-elle lancé à Jeanette dans la voiture les ramenant à la maison.

— Pas à ça ! avait sangloté son amie. Il m'aimait ! Il m'aimait vraiment, je le sais.

— Non, il ne t'a jamais aimée ! Il s'est servi de toi. C'est ce que font les salauds de son espèce.

— Tu ne le connais pas ! avait riposté Jeanette, alors qu'elle était en train de perdre son bébé dans la voiture, assise sur une serviette de toilette volée à l'hôtel. Si tu n'étais pas obsédée par tes études vingt-quatre heures sur vingt-quatre, tu pourrais peut-être tomber amoureuse et comprendre ce que ça veut dire « aimer ». Peut-être serais-tu un peu moins moralisatrice.

— Je suis désolée de ce qu'il t'arrive, mais je t'avais prévenue. Dès le départ, je t'avais dit…

— Évidemment, tu es si intelligente, si parfaite ! Tu dois être fière de toi…

Sarina secoua la tête sous le regard attentif de Matteo.

— Elle avait besoin d'aide, murmura-t-elle. Au lieu de la consoler et de la rassurer, je lui ai fait la morale, comme si ça pouvait changer quelque chose à sa détresse. Le soir, elle était morte. Et je dois vivre le restant de mes jours en sachant que, au moment où mon amie, ma sœur, avait tant besoin de soutien, j'ai décidé que ce dont elle avait réellement besoin, c'était d'être mise face à la cruelle réalité.

Matteo la dévisageait, mais rien dans son regard n'indiquait qu'il la trouvait monstrueuse.

— Tu ne pouvais pas savoir, Sarina.

— Tu veux connaître la vérité ? dit-elle en essuyant rageusement les larmes sur ses joues. En fait, je la trouvais faible. Je me sens coupable parce que je lui ai donné le coup de grâce alors qu'elle était déjà à terre, mais la vérité – la vraie —, c'est que je pensais que c'était sa faute. Parce qu'elle ne maîtrisait rien de ce qu'il lui arrivait. Elle n'avait aucun contrôle sur ses émotions. Moi, je me considérais comme totalement différente. J'étais sûre que je ne me mettrais jamais dans une telle situation. Que je ne transigerais jamais, absolument *jamais*, avec un homme. Et puis, je t'ai rencontré…

Matteo ne lui avait jamais paru plus beau qu'en cet instant. Plus fascinant. Plus magnétique, alors même qu'elle savait à quel point il était dangereux pour elle.

— Et regarde ce que j'ai fait, dit-elle avec une sorte de petit rire creux. Je me suis compromise dans tous les sens possibles du terme. J'ai couché avec toi alors que j'étais censée évaluer ton profil psychologique. Je ne peux même pas prétendre que c'est toi qui m'y as poussée. J'ai franchi la ligne rouge toute seule comme une grande en brandissant ma virginité comme un trophée.

— Je ne me souviens pas que ça se soit exactement passé comme ça, observa doucement Matteo avec un sourire amusé qui ne fit qu'aggraver le remords de Sarina.

Parce qu'elle ne méritait pas ses sourires. Ni sa douceur.

— J'ai accepté ton chantage et menti à ton conseil d'administration. Et quand j'ai découvert que j'étais enceinte, ma première réaction n'a pas été de me demander comment j'avais pu me mettre dans un tel pétrin. Non, ma première réaction a été une sorte de joie absurde à l'idée que, un jour, quelque part, je te reverrais parce que je portais tes enfants.

Cette fois, le sanglot lui échappa.

— Je ne sais pas pourquoi j'ai réagi ainsi. Je ne comprends pas. Qu'est-ce qui a pu…

— Tout simplement ça, ma petite chérie, l'interrompit Matteo en saisissant ses poignets d'une main ferme pour l'attirer vers lui.

Elle tomba à genoux face à lui tandis qu'il l'enveloppait de ses bras. Elle frissonna en lisant la tendresse et la certitude dans ses yeux gris.

— Je ne veux pas, murmura-t-elle. Je n'ai jamais voulu ça.

La bouche magnifique de Matteo s'incurva sur un sourire.

— Tant pis.

Puis lentement, il posa ses lèvres sur les siennes.

C'était un baiser. Une demande. Une caresse. C'était de l'espoir et de la joie. Et elle ne sut pas quoi faire, si ce n'est l'embrasser à son tour et fondre dans ses bras.

— Épouse-moi, souffla-t-il contre sa bouche. Continue de batailler avec moi si tu veux, docteur Fellows, mais promets-moi que ce sera pour toujours.

Il quitta ses lèvres pour couvrir son visage de baisers. Puis il la remit sur ses pieds tout en gardant les mains sur ses hanches.

— Épouse-moi, répéta-t-il encore.

Il releva son chemisier et sema une pluie de baisers sur son ventre, doux réceptacle de leur avenir.

— Je ne sais plus où j'en suis, sanglota-t-elle. Je ne sais plus ce que je veux.

— Si, tu le sais.

Et il l'embrassa de nouveau.

Il l'apprivoisait, il la calmait.

Elle n'aurait su dire qui commença à arracher les vêtements de l'autre, mais toute cette douceur vira brusquement à l'incendie.

Elle avait besoin d'être nue contre Matteo, de sentir sa peau contre la sienne. Ils avaient été ensemble si peu de temps et séparés si longtemps qu'elle ne pouvait soudain plus supporter la moindre barrière entre eux.

La première fois, elle le prit sur le sol de pierre.

Elle grimpa sur lui et se laissa glisser sur son sexe, se remplissant tout entière de son amant.

— Ce sera comme ça pour toujours, lui dit-il en entrelaçant ses doigts aux siens.

La fermeté de son sexe dans la douceur du sien. Leurs corps nus qui bougeaient en rythme. Ils ne faisaient plus qu'un, mêlés l'un à l'autre, l'un dans l'autre. Un seul être qu'aucune pensée, aucun mot ne pouvaient séparer.

Leurs yeux se nouèrent quand la vague les submergea et les roula ensemble dans un océan de plaisir.

Elle avait encore la tête qui tournait quand Matteo la souleva dans ses bras pour la porter sur le lit et s'enrouler autour d'elle.

— Est-ce que c'est un rêve ? murmura-t-elle.

D'une main douce, il écarta une mèche de cheveux de son visage et lui sourit comme si elle était belle. Comme si son âme était belle. Et quand il la regardait ainsi, elle avait l'impression qu'elle pourrait l'être.

— Non, ce n'est pas un rêve, Sarina. C'est l'amour tel que nous le faisons ensemble.

Elle le dévisagea, et le désir la dévora de nouveau. Il dévora Matteo aussi, elle le devina à son regard ardent tandis qu'il la faisait rouler sur le dos et s'installait entre ses jambes.

— Épouse-moi, redit-il.

Puis, il se mit à jouer avec son corps, à en explorer chaque parcelle. Sa bouche était partout sur son cou, ses seins, son ventre. Il pressa sa paume entre ses cuisses, glissa un doigt dans son intimité, embrasant chacune de ses terminaisons nerveuses, la faisant vibrer, frissonner, gémir.

— S'il te plaît…, souffla-t-elle, la tête rejetée en arrière, soulevant les hanches.

Sentant les premières ondes de plaisir sous sa main, il la retira.

— Épouse-moi, Sarina.

Elle poussa un petit cri étranglé, à mi-chemin entre colère et frustration.

Il reprit son délicieux supplice, l'abandonnant une fois de plus pantelante de désir au bord de l'orgasme.

— Épouse-moi, Sarina.

— Oui, hoqueta-t-elle. Oui !

Alors seulement, il la pénétra lentement, profondément, et elle ferma les yeux tant le plaisir fut intense – mélange de joie et d'espoir.

Il se mit à bouger en lui murmurant des mots d'amour dans toutes sortes de langues, l'obligeant à goûter toutes les vagues de la jouissance, l'emmenant toujours plus haut à chaque coup de reins, jusqu'à ce que l'orgasme les emporte.

Son regard couleur d'argent étincelait de cette joie dont elle sentait elle aussi son cœur déborder.

— Souviens-toi, lui dit-il en la tenant dans ses bras comme si elle était la chose la plus précieuse au monde. Ce sera toujours comme ça. Toute notre vie.

Et elle sut qu'il disait vrai.

Épilogue

Dix ans plus tard.

Sarina embrassa ses deux garçons âgés de neuf ans, passa voir sa fille de six ans qui s'entraînait à lire toute seule au lit, et s'assura que son dernier-né dormait à poings fermés dans son berceau. Après quoi, elle laissa tout son petit monde aux bons soins d'un bataillon de nounous pour rejoindre son époux sur le toit du palais des San Giacomo.

— Considère ceci comme un enlèvement, dit Matteo, son regard gris empli de cette passion orageuse qui n'était que pour elle.

— J'adore être enlevée, fit Sarina en riant. Joyeux anniversaire, mon amour.

Ils s'embrassèrent sur le toit de cette demeure où ils s'étaient rencontrés. Avec la même fougue, le même désir, le même sentiment d'urgence que la première fois.

Matteo l'aida à grimper à bord de l'hélicoptère qui les attendait. Et tandis que l'appareil s'élevait dans la nuit pour voler vers le nord, elle songea aux dix années qui venaient de s'écouler.

Elle avait du mal à se souvenir de la femme qu'elle avait été autrefois. Cette femme qui avait peur d'aimer, certaine que ça se terminerait mal. Cette femme convaincue qu'elle ne méritait pas d'être heureuse parce qu'elle n'avait pas su sauver son amie. Il lui avait fallu des années pour soulager son tourment, mais elle avait réussi. Avec Matteo, ils avaient patiemment dénoué les nœuds l'un après l'autre et construit leur bonheur ensemble. Chaque jour. Dans chaque rire, chaque caresse, chaque baiser, chaque mot doux.

Ils étaient restés cloîtrés dans le monastère pendant des semaines, n'en sortant que pour s'occuper des questions importantes. Ils avaient appris à se connaître à l'écart des contraintes du monde extérieur.

Mais ce n'est qu'au huitième mois de grossesse qu'elle avait enfin épousé Matteo, alors qu'elle se dandinait avec un ventre énorme en se demandant si elle survivrait à l'accouchement des deux garçons qu'elle portait.

— Épouse-moi, lui avait-il répété par un beau matin ensoleillé. À moins que tu ne veuilles attendre que nos enfants marchent pour te conduire à l'autel ?

C'était son père qui l'avait conduite à l'autel dans les jardins de Combe Manor. Ce jour-là, Matteo et elle avaient chassé les fantômes du château et levé la malédiction. Et la nuit, blottie contre Matteo dans ce lit où il lui avait volé son cœur, elle avait chuchoté pour la première fois :

— Je t'aime.

Il lui avait souri.

— Je sais, ma petite chérie.

— Je t'aime, avait-elle répété, savourant les mots sur sa langue. Et je t'aime encore plus de m'épouser sans m'avoir obligée à te le dire avant.

— Il te fallait les vœux indissolubles du mariage pour croire en l'amour, souffla Matteo contre ses lèvres. Et ça ne me gêne pas de promettre de t'aimer et de te chérir jusqu'à la fin de mes jours, Sarina.

Quand elle avait donné naissance à leurs jumeaux,

il était là pour les prendre dans ses bras et lui sourire comme si elle était allée lui décrocher la lune.

Il était aussi là quand leur fille avait vu le jour, et c'était lui qui avait proposé de l'appeler Jeanette.

Et il ne l'avait pas quittée une seconde quand leur petit dernier était né trop vite, trop tôt, leur causant une belle frayeur. Il avait été là pour sécher ses larmes quand elle avait enfin pu prendre leur quatrième enfant dans ses bras.

C'était Matteo, tout simplement. Il était à ses côtés, prêt à la soutenir quand elle flanchait. Jour après jour, il lui apprenait à vivre.

En retour, elle lui apprenait qu'il était un homme profondément humain depuis toujours, même s'il prétendait le contraire. Ensemble, ils avaient terrassé leurs démons, et les souvenirs douloureux avaient cédé la place au bonheur et à l'amour.

Elle continuait d'exercer, mais elle s'occupait désormais de femmes qui avaient besoin d'accompagnement et de réconfort, pas de vengeance. De son côté, Matteo avait appris à déléguer pour ne plus être l'unique gardien de l'œuvre familiale et ne pas être trop souvent séparé des êtres qui comptaient plus que tout pour lui.

Comme l'hélicoptère se posait dans la cour du monastère qui restait pour elle le plus beau et le plus doux havre de paix, elle se rendit compte qu'il y avait un bout de temps qu'elle n'avait pas pensé à tout ce qui les avait hantés.

— Qu'est-ce qui te fait sourire ? demanda Matteo en prenant sa main pour traverser la cour, entremêlant leurs doigts comme à son habitude.

— Je réfléchissais. Je ne me souviens pas à quand remonte la dernière fois que nous avons croisé un fantôme.

Elle plaisantait, mais le visage de Matteo se fit grave.

— Les fantômes appartiennent au passé. Devant

nous, il n'y a rien d'autre que l'avenir, Sarina. Un avenir lumineux.

Elle acquiesça avec ferveur.

Main dans la main, plus amoureux que jamais, ils le découvraient jour après jour ensemble.

Vous avez aimé
Séduite par un noble italien ?
Découvrez la suite de votre série
« Scandaleuse noblesse »
dès le mois prochain
dans votre collection Azur !

Retrouvez en février 2020, dans votre collection

Azur

Le secret de Jasmine, de Sharon Kendrick - N°4180

ENFANT SECRET

Jasmine s'est donnée corps et âme à Zuhal el-Haidar, prince du Razrastan. Mais, après une liaison aussi intense que passionnée, elle a dû se résoudre à une séparation inévitable et fuir le royaume... Aussi, c'est avec stupeur qu'elle découvre le cheikh sur le pas de sa porte, dix-huit mois plus tard. Comment Zuhal l'a-t-il retrouvée ? Pourquoi, surtout, l'a-t-il cherchée ? Alors que les questions affluent dans son esprit, leurs retrouvailles sont interrompues par Darius, le petit garçon à qui Jasmine a donné le jour. L'enfant de Zuhal...

Son mystérieux patron, de Michelle Conder - N°4181

COUP DE FOUDRE AU BUREAU

Un bal masqué... Voilà l'occasion qu'attendait Ruby pour troquer son tailleur d'avocate sérieuse contre les atours d'une audacieuse séductrice. Jamais elle ne s'est sentie aussi libre que dissimulée sous ce loup glamour... Et, lorsqu'un inconnu mystérieux la fait tournoyer sur la piste de danse, elle oublie tout, sauf les bras puissants qui l'enlacent. Mais les interludes les plus magiques connaissent souvent une fin abrupte. Ruby en fait l'expérience quand, encore grisée des baisers de son cavalier, elle découvre qu'il n'est autre que Sam Ventura, son nouveau patron...

Liaison avec un roi, de Clare Connelly- N°4182

Lorsqu'elle s'est découverte enceinte, Frankie a tout fait pour retrouver son mystérieux amant d'une nuit. En vain. Aussi est-elle bouleversée de le voir réapparaître dans sa vie, deux ans plus tard, sous l'identité de Matthias Vasilliás, roi de Tolmirós ! Mais le pire est à venir car, en découvrant qu'elle a eu un enfant de lui, Matthias revendique immédiatement son héritier. Et exige de Frankie qu'elle le suive au palais, pour devenir sa reine...

L'enfant d'une vengeance, d'Abby Green - N°4183

Séduite par vengeance... Quand Cara découvre l'identité de l'homme auquel elle a offert son innocence, elle tombe des nues. Son amant d'une nuit, Vincenzo Valentini, l'a conquise uniquement pour mieux la rejeter ensuite. Parce qu'il la tient pour responsable de la disparition de sa sœur, il n'a cherché qu'à la contrôler, alors qu'elle se languissait de désir entre ses bras. Hélas, Cara doit maintenant faire face à l'amère vérité, mais surtout aux conséquences de cette passion vengeresse...

Séduction méditerranéenne, de Julia James - N°4184

Jouer la fiancée de Marc Derenz ? Pour Tara, rien n'est moins simple. Certes, il ne s'agira que d'une comédie, visant à décourager les nombreuses prétendantes qui s'affolent autour du beau milliardaire. Mais l'attirance que Tara ressent pour Marc est bien réelle, hélas ! Dans le monde glamour où il l'entraîne, Tara perd peu à peu la raison, et son contrôle... Jusqu'à se demander si elle parviendra longtemps à tenir son rôle, sans mettre son cœur en péril...

Pacte avec un homme d'affaires, de Dani Collins - N°4185

L'amour, la sécurité, un endroit où elle se sente chez elle. Voilà à quoi aspire Luli, tout en sachant que la vie n'est pas un conte de fées... Peut-elle accepter de contracter un mariage de convenance avec Gabriel Dean, alors qu'il n'a jamais été question de sentiments entre eux ? Certes, le milliardaire peut lui offrir un avenir confortable et le foyer dont elle a toujours rêvé, mais en devenant son épouse sur le papier seulement Luli ne vend-elle pas son âme à Gabriel, quand son corps brûle qu'il la touche ?

Des noces si dangereuses, de Heidi Rice - N°4186

« Épouse-moi. » La voix de Dominic LeGrand est une caresse, aux oreilles d'Alison. Mais sa proposition de pure convenance n'en est pas moins absurde ! Tous deux viennent à peine de se retrouver, et voilà qu'il la demande en mariage ? Lorsqu'elle était adolescente, Alison était folle de Dominic. L'été de leur rencontre, il avait plané sur sa vie comme un ange déchu, porteur de danger et d'excitation. Peut-elle le laisser de nouveau bouleverser son existence et l'entraîner dans cette comédie sentimentale ? Contre toute raison, Alison se surprend à dire *oui*...

Une conquête scandaleuse, de Caitlin Crews - N°4187

SÉRIE : *SCANDALEUSE NOBLESSE* - 2/3

Assistante dévouée chez Combe Industries, Lauren a l'habitude d'exécuter les tâches les plus délicates. Sa dernière mission ? Pour éviter un scandale médiatique, elle doit retrouver Dominik James – le mystérieux frère de son patron – et l'épouser ! C'est en Hongrie que Lauren fait la connaissance du troublant Dominik. Et si elle parvient à le convaincre de rentrer avec elle en Angleterre, auprès de sa célèbre famille, elle comprend vite qu'elle a commis une grave erreur. Au lieu d'agir en professionnelle, comme elle le fait toujours, Lauren est tombée amoureuse...

Promise par devoir, d'Amanda Cinelli - N°4188

SÉRIE : *MARIAGES À MONTEVERRE* - 2/2

Pour le cheikh Khalil al-Rhas, roi du Zayyar, le mariage est une affaire d'État, qui doit à tout prix se défaire de tout sentimentalisme. Mais, quand sa fiancée s'enfuit avec l'homme dont elle est amoureuse, il décide de prendre les choses en main et de s'assurer que sa promise de substitution, elle, ne lui fera pas défaut. Dès sa rencontre avec la princesse Cressida, toutefois, Khalil ressent un trouble inédit et bien trop intense. Une émotion qu'il est résolu à cadenasser, pour accomplir son devoir au côté de cette femme qui le hait déjà...

Sous l'emprise de Joao Oliviera, de Maya Blake - N°4189

Démissionner. Pour échapper à l'emprise de son patron, Saffie ne voit pas d'autre issue que celle de quitter le travail auquel elle se consacre entièrement. Depuis quatre ans qu'elle est l'assistante de Joao Oliviera, elle n'a plus de vie privée. Or, elle redoute aujourd'hui de laisser passer sa chance d'être maman. Et puis, comment pourrait-elle rester professionnelle avec Joao, alors qu'elle ne parvient pas à oublier le moment d'égarement qui les a unis, le temps d'une nuit ? Oui, partir est la seule solution, Saffie en est persuadée – avant de se découvrir enceinte…

L'héritier de Casa Carella, de Helen Brooks - N°4190

En panne, sur une route déserte, dans cet endroit perdu du sud de l'Italie ? Ce n'est pas tout à fait le genre d'aventures dont Cherry rêvait en venant passer des vacances dans la région ! Mais ce qui était déjà un fiasco tourne au cauchemar quand elle se voit contrainte d'accepter l'hospitalité que lui offre, visiblement à contrecœur, Vittorio Carella, le propriétaire du domaine isolé où elle s'est égarée. Car son hôte, bien qu'extrêmement séduisant, la traite avec une telle froideur et une telle arrogance que Cherry n'a bientôt qu'une envie : partir au plus vite. Pour que cesse enfin cette troublante intimité…

Composé et édité par HarperCollins France.

Achevé d'imprimer en décembre 2019.

CPi
BLACK PRINT

Barcelone

Dépôt légal : janvier 2020.

MIXTE
Papier issu de sources responsables
FSC® C108412

Pour limiter l'empreinte environnementale de ses livres, HarperCollins France s'engage à n'utiliser que du papier fabriqué à partir de bois provenant de forêts gérées durablement et de manière responsable.

Imprimé en Espagne.